Harald Kunde, Valerija Zavodovskaya

Puppen können nicht ins All fliegen

Geschichten aus der Flüchtlingshilfe

Bibliografische Information der Deutschen Nationalbibliothek: Die Deutsche Nationalbibliothek verzeichnet diese Publikation in der Deutschen Nationalbibliografie; detaillierte bibliografische Daten sind im Internet über dnb.dnb.de abrufbar.

© 2016 Harald Kunde
Geschichten und Bilder aus dem Hasenland von Harald Kunde

Herstellung und Verlag:
BoD – Books on Demand, Norderstedt

ISBN: 978-3-7412-7396-4

Für Valerija

Vorwort

Kaum ein Thema polarisierte die Gesellschaft in den letzten Jahren so stark wie der Zuzug und die Integration von Flüchtlingen. Es generierte Hass aber auch viel Hilfsbereitschaft. Zahlreiche Bürger haben sich in Helferkreisen engagiert. Für diese Menschen ist das Buch gedacht.

Als im Ort ein Projekt "Deutschnachhilfe für Kinder von Asylbewerbern" gestartet wurde, beschloss ich, mich zu beteiligen. Ich wurde ein sog. Nachhilfepate. Ein kleines ukrainisches Mädchen namens Valerija wurde mir zugeteilt. Kurz vor Weihnachten 2014 hatten wir unser Vorstellungsgespräch. Das vorliegende Buch schildert unsere gemeinsamen Erlebnisse in den Schuljahren 2014/15 und 2015/16 und basiert auf den Protokollen, die ich von jedem unserer Treffen schrieb. Die Protokollierung geschah nicht aus Pedanterie sondern war der Tatsache geschuldet, dass in den Jahren davor zahlreiche Missbrauchsskandale aufgedeckt wurden. Heute stellt sie die Authentizität des Buches sicher.

Die Nachhilfe gestalteten wir spielerisch. Ich integrierte dazu eine Kasperlefigur namens Albert. Albert versuchte, bei Aufgaben in Deutsch und Mathe zu unterstützen, machte dabei aber immer wieder Fehler. Valerija musste ihm helfen. Dumm nur, dass Albert bloß Deutsch verstand.

Dieses Buch berichtet nicht nur von den gemeinsamen Erlebnissen, es entführt auch in eine Zauberwelt namens Hasenland, aus der Albert Valerija vier Geschichten erzählte. ‚Das hat er sicher nur geträumt', flüsterte mir Valerija bei der ersten Geschichte zu. Aber Albert hatte Ohren wie ein Luchs. Er bestritt das ausdrücklich.

Prolog

Ich befand mich im 2.Geschoss des ‚grünen Hauses', in dem ein Großteil der Asylbewerberfamilien wohnte. Auch Valerijas Familie. Aus irgendeinem unerfindlichen Grund war ich der Meinung, dass mehrere Asylbewerberfamilien in Zimmern links und rechts eines langgezogenen Flurs lebten. So hielt ich mich nicht lange mit Klopfen an der Wohnungstüre auf, sondern öffnete sie und trat ein.

Schnell erkannte ich meinen Lapsus. Zwar stand ich tatsächlich in einem Flur, aber er war kurz. Zwei Meter weiter vorne ging links ein offener Raum ab, aus dem Stimmen kamen. Ich rief ein ‚Hallo' und trat vor, sodass ich den Raum einsehen konnte.

An einem Tisch saßen Valerija und ihr Papa. Sie aßen gerade Bohnensuppe und sahen mich verblüfft an. Ich hatte eine Tüte mit Mandarinen dabei. Die hatte ich besorgt, nachdem ich erfahren hatte, dass Valerija krank war und deshalb nicht zur ersten Deutschnachhilfestunde in die Schule kommen konnte – man muss dazu sagen, dass die Schule direkt angrenzend an das grüne Haus war und dass Valerija seit ca. einem Monat in die Übergangsklasse 2c ging, drei Monate nach der Flucht der Familie aus der Ost-Ukraine.

Ich weiß gar nicht mehr, ob ich mich ihrem Papa vorstellte. Vielleicht tat es Valerija. Sie kannte mich ja schon aus dem Vorstellungsgespräch kurz vor Weihnachten, in dem sie mit ihrer Mama gewesen war. Ich fühlte mich wie ein Trampel und wollte eigentlich nur so schnell wie möglich weg, erklärte, dass ich von Valerijas Erkrankung gehört hätte und dass ich ihr deswegen ein paar Mandarinen vorbeibringen wollte. Nein, ich könnte nicht bleiben. Ich müsste gleich wieder weiter und wir würden uns dann zur zweiten Nachhilfestunde am Dienstag in einer Woche sehen.

Später erfuhr ich dann von Gabi, die das Projekt „Deutschnachhilfe für Kinder von Asylbewerbern" des Dekanats Heidenheim mit insgesamt mehr als einem Dutzend sogenannter Nachhilfepaten (ich war einer davon) leitete, dass Valerija anschließend doch noch in die Schule zur Deutschnachhilfe gegangen war. So sehr musste ich sie wohl durch meinen Auftritt verstört haben. Nein, unser Kennenlernen stand nicht gerade unter einem guten Stern.

Dabei hatte es nicht an Vorbereitung meinerseits gemangelt. Ich hatte mir überlegt, dass die Probleme in der Nachhilfe wohl wie folgt aufzuteilen wären (ich war in meiner aktiven Zeit Berater, das prägt!):

- 50% Zugangsprobleme (Traumata, Angst, Misstrauen, kulturelle Unterschiede)
- 30% Sprachprobleme (sie war erst seit vier Monaten in Deutschland)
- 20% eigentliche Nachhilfe in Deutsch und Mathematik und Hausaufgaben hierzu.

Meine Strategie war, mit zwei Handpuppen zu arbeiten. Ich würde eine Kasperlefigur namens Albert nutzen. Sie könnte versuchen, mit Brigitte, einer Kuh-Handpuppe – auf Deutsch! - mitzuspielen (eine Nilpferd-Handpuppe, die ich eigentlich wollte, konnte ich damals nicht auftreiben). Zur Auflockerung wollte ich immer Brezeln, Säfte und Obst mitbringen. Außerdem wollte ich in unseren Treffen immer einen kreativen Teil einbauen (Malen, Töpfern etc.). Deutsch und Mathe sollten so weit wie möglich spielerisch vermittelt werden. Zur Lösung von Sprachproblemen wollte ich ein Tablet nutzen und darauf den Google Übersetzer. Soweit die Vorsätze.

Nach einem Jahr kann ich sagen, dass wir viel Spaß hatten mit diesen Puppen und sich Brotzeit und kreativer Teil bewährt haben. Der Google Übersetzer war hilfreich zur Klärung von Begriffen – allerdings nur in einer

Richtung: Deutsch → Russisch[1]. Mindestens ebenso hilfreich bei Sprachproblemen waren Bildsuche im Internet und die in jeder Stunde auf dem Tisch ausgelegten Papierbögen. Mit deren Hilfe konnte man (sie genauso wie ich) nämlich schnell mal ein Bild zeichnen zur Erläuterung dessen, was man gerade meinte.

Valerija 2015: Hund und Vater mit Tochter

Inzwischen dürfte sich die Problemverteilung eher umgekehrt haben:

    <20% Zugangsprobleme
    30% Sprachprobleme
    >50% eigentliche Nachhilfe in Deutsch und Mathematik – sie will inzwischen viel lieber mit den Handpuppen spielen, als Hausaufgaben machen. Ich breite zu Beginn immer große Papierbögen auf dem Tisch aus, damit der geschont wird. Und das erste, was sie in letzter Zeit macht, ist: Sie schreibt groß

---

[1] Ein Umstellen des Tablets auf Russisch mit kyrillischen Buchstaben war mir zu aufwendig und es war mir unklar, ob ich wieder in der Lage wäre, auf Deutsch zurückzustellen

„NEIN" auf einen der Bögen. Natürlich weiß ich, was gemeint ist. Albert braucht lange, bis er sie dazu überreden kann, die Mathe-Hausaufgabe zu beginnen.

Man könnte vielleicht auf die Idee kommen, dass die Summe der Probleme konstant geblieben wäre. Tatsache ist aber, dass die Probleme insgesamt nur noch klein sind. So spricht sie inzwischen schon recht passabel Deutsch. Und Mathe ist kein Problem – wenn sie will.

Die folgenden Passagen schildern gemeinsame Erlebnisse während des ersten Jahres der Deutschnachhilfe und der letzten Nachhilfestunden in 2016, mit Ausnahme der vier Geschichten, die Albert aus dem Hasenland beitrug. Er behauptete, eine Eule hätte ihn dort hingezaubert. Valerija vermutete, dass er das nur geträumt hätte. Aber er bestritt das.

Aus den Nachhilfestunden

Am 20.Januar hatten wir unsere erste Nachhilfestunde in ihrer Schule. Der Begriff ‚Stunde' ist etwas irreführend, da wir eigentlich immer überzogen und nie unter eineinhalb Stunden fertig wurden. Nachdem ich zu Beginn der Nachhilfen dem Hausmeister erklärt hatte, dass ich eine Handpuppe einsetzen wollte, und es dabei etwas lauter zugehen könnte, wies er uns einen Besprechungsraum zu, in dem wir für uns waren. In den ersten Treffen waren abwechselnd Valerijas Mama und Papa mit dabei. Das war ok, denn sie kannten mich schließlich alle nicht und die Jahre davor waren erfüllt von diversen Missbrauchsskandalen. Für die Frauen unter den Nachhilfepaten war es wesentlich einfacher, Vertrauen zu schaffen. Später erfuhr ich, dass einige die ihnen zugeordneten Kinder sogar bei sich zu Hause unterrichteten. Für mich und die zwei anderen Männer in der Nachhilfepatengruppe ein Ding der Unmöglichkeit. Angesichts der Abscheulichkeiten, die einzelne Männer begingen und immer noch begehen, nicht anders möglich.

Valerija hatte mir ein Bild gemalt.

Valerija 2015: Ihr erstes Bild für mich

Wir besprachen die Gegenstände darauf auf Deutsch. Wiese, Blumen, Baum, Schmetterling und Sonne waren einfach, das kleine Feuer etwas komplizierter. Der Google Übersetzer oder eben mal schnell ein Bild auf die bereit gelegten Papierbögen malen half bei der Klärung der Begriffe.

Wir machten daran anschließend ein bisschen Mathe. Ich zerlegte eine der mitgebrachten Mandarinen, zog Albert und Brigitte, die beiden Handpuppen, aus dem Rucksack und begann, die Mandarinenstückchen auf dem Tisch auszulegen. Albert fing an zu zählen, aber er verzählte sich immer wieder. Sie musste ihm helfen. Zunächst war sie etwas verblüfft gewesen, dass hier eine Puppe mitspielte. Aber sie gewöhnte sich schnell daran. Natürlich stellte ich Albert und Brigitte vor. Sie wollte wissen, wie alt Albert und Brigitte wären. Ich sagte ihr, dass Albert 6 Jahre und Brigitte

5 Jahre alt wären. Sie wären Bruder und Schwester und würden bei mir wohnen.

Mit der Zeit begann sie, Brigitte zu nutzen. Ich futterte ein paar der Mandarinenstückchen weg und Albert und sie bzw. Brigitte mussten zählen, wie viele übrig geblieben waren. Mama saß derweil auf einem Sofa im Raum und tippte auf ihrem Smartphone oder schaute ab und zu interessiert auf unser Kasperletheaterspiel. Wir bastelten dann einen Kalender und übten an diesem „plus 7 (Tage)". Als Albert dabei den 34.Januar kreierte und ich sie schelmisch ansah, guckte sie etwas verwirrt – so wie jemand an der Kasse, dem Sie 3 Euro 25 geben, wenn es 2 Euro 74 kostet. Aber als dann Mama einhakte und ihr erklärte, dass es den 34.Januar nicht gab, lachte sie erleichtert.

Ich wollte ihr auch ein Gefühl vermitteln, wo sie war. Wir schauten uns dazu auf Google Maps Deutschland, die Ukraine und die Staaten dazwischen an. Dann fokussierten wir auf den augenblicklichen Aufenthaltsort Heidenheim (am Hahnenkamm) und anschließend auf die Gegend südlich von Charkiw, aus der sie kam. Ihre Mama half ihr dabei mit Erläuterungen auf Ukrainisch. Sie erzählte in gebrochenem Deutsch, dass Valerija dort in einer Art Theatergruppe gewesen war. Ich holte das russische Staatsballett mit der Nussknacker-Suite auf den Bildschirm des Tablets. Sie erklärte mir, dass es nicht Ballett gewesen sei, was Valerija gemacht hätte. Später sollte mir klarer werden, welche Art von Theater sie dort spielte. Ein halbes Jahr später bekam ich nämlich von ihren Eltern zwei CDs, auf denen sie in einem Kindertheater zu sehen sein sollte – allerdings verkleidet. Die Eltern sagten, sie wäre dort als Schwein aufgetreten. Ich sah mir die CDs an und war erstaunt, mit welcher Begeisterung und wie unbefangen die Kinder dort Theater spielten – trotz großen Publikums, wohl in einer Schulhalle. Wie kräftig ihre Stimmen waren und wie falsch und voller Inbrunst sie teilweise sangen. Allein, ich konnte nicht ein einziges Schwein entdecken. Mäuse, Katzen, Hunde ja, aber kein Schwein. Als ich die CDs zurückgab, fragte ich die Eltern. Mama fasste sich an den Kopf und meinte, dass das Stück mit dem Schwein wohl auf einer anderen CD sei. Auf den CDs, die ich gesehen hätte, wäre sie als Maus aufgetreten. Es war der Zeitpunkt, zu dem ich das erste Mal darüber nachdachte, wie wir zusammen vielleicht ein bisschen Theater – in einem größeren Rahmen - spielen könnten.

Zum Schluss der ersten „Stunde" rezitierte sie dann noch für mich das Gedicht „Babuschka" – auf Russisch zwar, aber ungeheuer ausdrucksstark und lebendig (zwischendurch stampfte sie gar mit dem Fuß auf wie eine spanische Tänzerin). Sie hatte dafür in der Ukraine einen Preis erhalten. Ich verstand zwar nichts, war aber sehr beeindruckt. Später erfuhr ich, dass es um ein kleines Mädchen und ihre Großmutter ging. Dass das kleine Mädchen versuchte, die Großmutter zu einem Spaziergang zu überreden. Die Großmutter war aber schon zu schwach. Sie erzählte dem Mädchen, dass sie früher gut laufen konnte und immer in ein Tal jenseits der Berge gehen wollte. Es hieß, dass man dort Kraft schöpfen könnte. Das Mädchen wollte daraufhin die Großmutter genau dorthin lotsen. Dann könnten sie immer zusammen spazieren gehen. Ob meine Erinnerung an die Übersetzung hundertprozentig korrekt ist, kann ich nicht sagen. Aber so ähnlich ging die Geschichte.

Eine Woche später war ihr Papa mit in der Nachhilfestunde.

Valerija und Albert mussten ihre jeweiligen Namen schreiben. Albert schrieb seinen Namen zunächst spiegelverkehrt. Es sah aus wie Hieroglyphen. Wir schauten den Namen dann im Spiegel (den ich dabei hatte) an und erkannten seinen Fehler. Anschließend schrieb er ihn zwar von links nach rechts, aber mit zwei "L". Das erschien Valerija gleich suspekt. Später erfuhren wir, dass Albert wahnsinnig gerne ins All fliegen würde. Ob das seine Schreibweise beeinflusst hatte, blieb allerdings unklar.

Zur Brotzeit hatte ich Trauben dabei und anhand derer übten wir Abzählen und Rechnen. Unter anderem hatte ich Trauben in 2 Haufen zu jeweils 7 angeordnet. Dann musste sie die Summe der beiden Haufen errechnen, also 7+7. Anschließend schob ich 1 Traube von einem Haufen auf den anderen. Sie musste jetzt zunächst sagen, wie viele in jedem Haufen waren und wie viel erster und zweiter Haufen zusammen ergaben, also 8+6. Das trieben wir weiter bis 11+3. Wir futterten daraufhin einen Teil der Trauben weg und ich erklärte ihr, dass die Trauben aus Südafrika kämen. Wir schauten uns auf Google Maps an, wo Südafrika liegt. Ich erklärte ihr, dass auf der Südhalbkugel Sommer wäre und bei uns auf der Nordhalbkugel Winter. Ihr Papa unterstützte mich dabei mit Erklärungen auf Ukrainisch.

Und weil wir schon über die halbe Welt navigierten, sahen wir uns bei der Gelegenheit noch einmal den Ort südlich von Charkiw, aus dem sie kam, auf den Satellitenbildern von Google Earth an. Sie konnte tatsächlich einzelne Gebäude erkennen, u.a. das Theater, in dem sie gespielt hatte und die Wohnblocks, in denen sie gewohnt hatte. In einem verknüpften Bild erkannte sie eine Statue in einem Park, wo sie öfter waren, wieder. Es schien sie sehr zu bewegen.

Zum Schluss der Stunde fragte ich sie, ob sie auch ein wenig töpfern wollte und nach einigen Anläufen mit Google Übersetzer (das Wort ‚Ton' ist halt mehrdeutig), hatten Valerija und ihr Papa verstanden und sie stimmte zu.

Die Woche darauf war wieder ihre Mama mit an Bord, zusammen mit der jüngeren Schwester Julia, die zu dem Zeitpunkt 3 Jahre alt war. Julia versteckte sich zunächst hinter ihrer Mama. Als aber Albert und Brigitte aus dem Rucksack hervor kamen, wollte sie unbedingt mit den Puppen spielen. Da Valerija diesmal keine Hausaufgaben auf hatte, überließen wir ihr die beiden Puppen. Wir spielten ein selbst kreiertes Spiel namens "Deutsch-Domino". Es gab darin zwei Typen von Steinen: Wort-Paar (z.B. "Vogel" und "Schwein") und Bild-Paar (z.B. Hund mit Brille, der Zeitung liest + Schwein). Nur Bild an Wort bzw. Wort an Bild durfte gelegt werden, an einem Stein-Ende aber bis zu 3 Folge-Steine (links/rechts, oben/unten – aber natürlich nicht in die Höhe). So konnte z.B. an das Bild des Hundes mit Brille und Zeitung sowohl ein Textstein mit „Hund", einer mit „Brille" und einer mit „Zeitung" angelegt werden. Bei Unklarheiten zu Wörtern nutzten wir den Google-Übersetzer "Deutsch→Russisch". Parallel dazu gab es in einer Anleitung alle Text-Steine abgebildet mit ihrer russischen Übersetzung. Man zog in jeder Runde einen Stein vom Stapel und konnte dann so lange anlegen, wie man passende Steine hatte. Weil es beim ersten Spiel lange dauerte, bis einer von uns auslegen konnte, führte ich noch zwei Joker-Steine ein (sie hatten natürlich das Aussehen von Albert und Brigitte) und wir starteten mit zwei offen gelegten Steinen statt einem.

Wir spielten das Spiel in dieser Form dann beim nächsten Mal mit ihrem Papa. Er gewann. Die Möglichkeit, mehrfach anzulegen, und dass die Anlagegeometrie manchmal das weitere Anlegen auch verhinderte (weil ein zunächst passender Stein auch noch andere Steine tangierte, was in der Regel dann eben nicht passte), machten das Spiel interessant. Wir spielten es später immer wieder einmal.

An diesem Tag töpferten wir zum ersten Mal ein wenig. Ich hatte einen zu einer Platte gewalzten Ton dabei. Mit einem Maßband ermittelten wir

---

[2] Bilddarstellung zu Handpuppen Kasper und Kuh Karlotta mit freundlicher Genehmigung der Firma tausendkind

Valerijas Handgelenkumfang. Aus der Tonplatte schnitten wir dann zwei Streifen für Keramik-Armbänder (gemäß Handgelenkumfang + 4 Zentimeter wegen Schwindens des Tons beim Trocknen und da sie ja auch später noch mit der Hand hindurch musste). Valerija konnte mittels Schablonen, die ich mitgebracht hatte, verschiedene Muster in die beiden Streifen drücken. Die Streifen wurden anschließend zusammengebogen und die Ränder verstrichen. Ich erklärte ihr dann anhand des Kalenders, dass der Ton jetzt erst 2 Wochen trocknen müsste, dann zu einem ersten Brand in den Ofen käme. Daraufhin könnten wir die gebrannten Armreife bemalen (glasieren) und nach einem weiteren Brand wären die Armreife fertig. Der erste Brand würde dabei mit 920°C, der zweite mit gut 1200°C erfolgen.

Beim nächsten Treffen – nach den Faschingsferien – war ihre Mama zugegen.

Valerija hatte eine Hausaufgabe in Mathe auf. Es ging darum, auf Bildern jeweils 2 Haufen bestimmter Objekte (z.B. Papierschiffchen) abzuzählen und dann ihre Summe zu ermitteln. Valerija kriegte das ohne Schwierigkeiten hin. Ich gab ihr später während des Töpferns noch einmal zwei Mathe-Aufgaben: Zunächst musste sie ermitteln, wie alt ihre Mama in 10 Jahren wäre und wie alt *sie* dann wäre (29+10, 8+10), dann machte ich mir einen Spaß und fragte sie, wie alt ihre Mama *vor* 10 Jahren war und wie alt sie da war (29-10, 8-10). Bei ihrem Alter kriegte sie dabei zunächst große Augen. Als Mama und ich dann lachten, musste sie auch lachen und wir klärten das Rätsel pränataler Existenz. Es war das letzte Mal, dass Mama oder Papa mit dabei waren. In den folgenden Nachhilfestunden waren wir unbeaufsichtigt.

Die Nachhilfestunden bis zum Sommer waren immer zweigeteilt: Zunächst machten wir Hausaufgaben und dann kam das Töpfern. Etwas genauer müsste man sagen, dass wir zum Sommer hin eher eine Dreiteilung hatten. Zunächst war Spielen mit Handpuppen, Zeichnen und Erzählen angesagt, dann kamen Hausaufgaben und am Ende das Töpfern. Noch genauer müsste man sagen, dass wir auch immer wieder abschweiften. So kamen wir - als wir in einer Deutsch-Hausaufgabe Worte mit "ß" suchten und ich auf Ruß kam - auf das Thema Holz und dessen Verbrennen im Ofen zu sprechen. Ich malte ein Bild mit ein paar Holzscheiten und ein Feuer dazu, das Ruß erzeugte, und symbolisierte dann mit einem Pfeil, dass daraus in der Folge Asche würde, die in die Mülltonne käme. Daraufhin zeichnete sie flugs einen Baum, daneben eine Axt und dann ein Haus und einen Ofen. Sie erklärte mir nebenbei, dass Baum in Russisch ‚derevo' hieße. Platt war ich, als sie die Sequenz bis zu meiner Asche mit 1,2,3,4,5 durchnummerierte. Albert setzte daraufhin noch einen drauf und zeichnete eine Müllhalde und unterlegte die als Nummer 6. Mit dem Google Übersetzer konnten wir letztlich klären, dass der gezeichnete Berg mit Dosen, Gläsern, Asche etc. ein Müllberg war. Das war eine der Gelegenheiten, wo Albert einmal einen anerkennenden Blick von ihr bekam.

In dieser Zeit zeigte sie mir auch ihre Schule. Unter anderem ihr Klassenzimmer und das Obergeschoss der Schule, in dem es eine Ausstellung verschiedenster Insekten gab. Auch diverse Eier von Vögeln waren ausgestellt und beschrieben. Es machte ihr Spaß, mich durch das Gebäude zu führen. Sie nahm es damit in gewisser Weise in Besitz. Es war jetzt *ihre* Schule.

Die Deutschnachhilfe gestaltete sich im weiteren Verlauf zusehends schwieriger. Was mit ‚derevo' angefangen hatte, weitete sich aus. Denn immer öfter erklärte sie mir zu einem deutschen Begriff auch dessen russische Übersetzung und zeigte mir die kyrillische Schreibweise. Das war ganz schön anstrengend. Gott sei Dank fragte sie mich nie in der Folge-Nachhilfestunde ab. Ich weiß noch, dass ich damals dachte, sie wäre geeignet dafür, Ärztin oder Lehrerin zu werden.

In den letzten beiden Nachhilfestunden vor den Sommerferien hatte Valerija keine Hausaufgaben auf. Sie erzählte, dass sie am Montag mit der Klasse nach Muhr (am Altmühlsee) fahren würde, um das

Theaterstück Max und Moritz anzuschauen. Wir sahen uns daraufhin auf dem Tablet ein paar Streiche von Max und Moritz an - aus einer im Internet verfügbaren illustrierten Version der Erzählung von Wilhelm Busch. Sie verstand, dass die beiden Buben ständig Streiche machten und berichtete von Eduard, einem anderen Flüchtlingskind in ihrer Klasse, der auch immer „Quatsch" machen würde. Anschließend nahmen wir uns einige Länder auf der Weltkarte vor und ich erzählte ein wenig zu diesen Ländern. Danach malten wir ein bisschen und redeten nebenbei über Schule und Zuhause. Töpfern oder Masken bemalen und ausschneiden wollte sie diesmal nicht. Sie versteckte sich lieber oder tollte herum oder machte Musik an der Röhren-Installation vor dem Zimmer. Ich lieferte sie nach der „Stunde" noch zuhause ab. Dabei zeigte sie mir, dass jemand ihr die Luft aus ihrem Rad gelassen hatte (Max und Moritz wahrscheinlich). Ich holte dann später ein paar Ventiladapter, Luftpumpe und Flickzeug und machte das Rad mit ihrem Papa zusammen wieder flott. Gott sei Dank war kein Loch im Schlauch, man musste die beiden Reifen nur mit neuen Ventilen versehen und aufpumpen. Ich steckte ihr eine Karte "Albert war hier" ans Rad (sie hatte auf dem Heimweg gefragt, wo Albert heute war - tja, Albert hatte diesmal die Nachhilfe verschlafen).

Dann waren Sommerferien.

Im Herbst kam sie in eine reguläre Klasse.

Die erste Nachhilfestunde im neuen Schuljahr fand bei ihr zuhause statt. Valerija beklagte sich, dass sie in der neuen Klasse allein sitzen würde. Ich versuchte, sie zu trösten, dass vielleicht noch ein Kind dazukäme. Sie meinte dann: „Hoffentlich nicht Eduard!" (neben dem wollte sie nicht sitzen). Eine Woche später bekam sie ein einheimisches Mädchen als Tischnachbarin. Sozusagen als Wermutstropfen kam auch Eduard in ihre Klasse.

Wir machten etwas Mathe. Zuerst versuchten wir ein magisches 3x3-Quadrat zu füllen (jede der Zahlen von 1 bis 9 durfte nur einmal darin vorkommen und Zeilen-, Spalten- und Diagonalsummen mussten immer

15 ergeben). Ich fabulierte eine Geschichte zusammen, nach der ein berühmter Mathematiker das Problem seinem König gab, der es aber nicht lösen konnte. Valerija lieferte gleich eine Erklärung dafür: der König wäre bestimmt nur den ganzen Tag faul herumgelegen und deshalb hätte er das nicht geschafft. Ich wollte das nicht ausschließen. Das magische Quadrat stammte übrigens vom Schweizer Mathematiker Leonhard Euler, der im 18.Jahrhundert längere Zeit im Königreich Preußen lebte und sich tatsächlich (aus anderem Anlass) mit dem König überworfen hatte und dann einen Lehrstuhl in St. Petersburg beim Zaren annahm. Er starb dort (quasi im Exil) und ist auf dem Friedhof des Alexander-Nevskij-Klosters in Sankt Petersburg begraben. Nach ein paar Anläufen schafften wir das magische Quadrat. Anschließend zeichnete ich in einem Zug das Haus vom Nikolaus ("das ist das Haus vom Ni-ko-laus") und forderte sie auf, das gleichzutun. Natürlich hatte sie nicht so genau aufgepasst, dass sie sich die Strichabfolge gemerkt hätte. Aber nach 3 Fehlversuchen hatte sie es heraus.

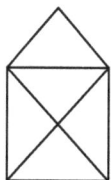

Das Haus vom Nikolaus

Wir spielten in dieser ersten Nachhilfestunde erneut das Deutsch-Domino, wobei Albert auch mitspielte. Etwas schwiwrig war, dass auch Julia mitspielte, allerdings ziemlich regelwidrig. Letztlich konnten wir ihr die Steine, die sie gemopst hatte, aber wieder abluchsen und unser Spiel zu Ende bringen. Valerija gewann diesmal.

Sehr häufig spielten wir im neuen Schuljahr bei ihr zuhause nach der Nachhilfe das Kartenspiel 17 und 4. Im Gegensatz zu den Mathe-Hausaufgaben, deren Bearbeitung sie immer mehr hinauszuzögern versuchte, gefiel ihr diese Mathe-Übung sehr (man musste ständig Kartenwerte addieren, um zu prüfen, ob man noch eine Karte nehmen konnte oder ob es schon zu riskant war und man Gefahr lief, über 21 zu kommen). Auch dieses Spiel wurde dadurch erschwert, dass Julia immer wieder Karten mopste oder aus einem anderen Stapel ins Spiel brachte.

In der zweiten Nachhilfestunde des neuen Schuljahres machte ich den Fehler, ihr zu erklären, dass Sport - Sport war eines ihrer Lieblingsfächer in der Schule - die Blutzirkulation im Gehirn verbessern würde. Sie könnte dann besser denken (und auch rechnen). Von nun an schlug sie häufiger Purzelbäume, wenn wir bei den Mathe-Hausaufgaben waren. Dies dehnte sie auch auf Brigitte aus, da diese ja häufiger mitrechnen musste. So musste also auch Brigitte gelegentlich einen Purzelbaum machen, was erhöhte Anforderungen an die Beweglichkeit ihres Handgelenks stellte. Dabei hatte sie sogar noch selbst festgestellt, dass Brigitte – da Puppe – kein Blut im Körper hätte! Sie konnte so den Start der Hausaufgaben hinauszögern, was sie in der Folge mit verschiedensten Tricks betrieb. In dieser Stunde wollte ich das Zählen auf eine physikalische Ebene bringen, was aber ziemlich misslang. Wir füllten ihren Fruchtsaft tröpfchenweise in einen Becher und ich erklärte ihr, dass sie jetzt von den 15 Tropfen 6 trinken müsste, dann wüsste sie durch den Rest im Becher, wie viel 15-6 wäre (hat leider nicht so ganz geklappt, weil sie immer zu viel getrunken hat).

Einmal im Oktober hatte sie zwei Mathe-Hausaufgaben auf, jewels in Teilaufgaben a), b), c) untergliedert, wobei in a) aus drei Fragen die zum Bild der Aufgabe passende Frage zu wählen und als Satz ins Heft zu schreiben war. In b) war der Lösungsweg zu schreiben (z.B. 20€ - 8€ = 12€, wenn ein Springseil 8€ kostete und das Kind im Bild mit 20€ bezahlte). In c) war dann die Antwort als Satz ins Heft zu schreiben. Albert half mit. Wir probierten auch ein Brezel-Beispiel. 2 Brezeln kosten 1€, wie viel kosten 3? Das war natürlich eine gemeine Aufgabe. Sie riet dann: 5€. Ich erklärte ihr, dass sie der Bäcker da ganz schön bescheissen würde. Auf dem Weg zur tatsächlichen Lösung drifteten wir ab in die Frage, wie man einen Euro halbieren könnte. Albert schlug vor, ihn mit einer Säge zu zersägen. Das sah sie aber kritisch, sie befürchtete, dass dabei die Säge kaputt gehen könnte.

In derselben Stunde hatte sie mir zu Beginn von einem Schmetterling erzählt, der sich bei ihr ins Treppenhaus verirrt hatte. Sie und ihre Mama hätten den zu sich in die Wohnung genommen und später auf den Balkon zum Fliegen gebracht. Ich erklärte ihr, dass Schmetterlinge nicht mehr fliegen könnten, wenn es zu kalt wäre, sie bräuchten Wärme. Dass manche ein Plätzchen fänden zum überwintern, viele aber auch im Winter stürben.

Das Jahr ging allmählich zu Ende.

In der Nachhilfestunde vom 1.Dezember, der ersten nach ihrem Geburtstag, erzählte mir Valerija zunächst noch von ihrer Geburtstagsfeier. Dass sie am Samstag nach ihrem Geburtstag in Nürnberg bei MacDonalds waren und dann wegen Zugverspätung nicht rechtzeitig in Gunzenhausen waren, um noch Schlittschuh in der Eisbahn, die dort aufgebaut war, laufen zu können. Sie klang etwas enttäuscht, da sie damit ihre neuen Schlittschuhe, die ihr die Eltern geschenkt hatten, noch nicht hatte nutzen können. Da ich am Freitag bei ihrer Geburtstagsfeier gewesen war, wusste ich, dass die Eltern wirklich viel für eine schöne Feier gemacht hatten. Vermutlich hatte sie falsche Erwartungen. Ich erklärte ihr, dass noch 5 Wochen Zeit wären, auf der Eisbahn in Gunzenhausen zu laufen und dass es bis zum 7.Januar (dem Tag, an dem die Eisbahn wieder abgebaut würde) bestimmt noch einmal kalt würde und Schnee gäbe. Sie wollte prompt wissen, an welchem Tag. Das konnte ich ihr natürlich nicht sagen.

In der Deutsch-Hausaufgabe dieses Tages vervollständigte Albert die Sätze mit falschen Verben. So ergänzte er etwa: "Wir *essen* heute in den Zoo" (statt ‚wir *gehen* heute in den Zoo'). Sie korrigierte ihn sofort. Bei "wir … auf dem Spielplatz" hatte sie aber Probleme, das Wort "toben" zuzuordnen. Ich musste ihr erst erklären, was "toben" bedeutete.

Glücklicherweise war ich auf ihrer Geburtstagsfeier gewesen, wo auch Gio war, ein überaus quirliges Nachbarkind, mit dem sie Ball (Luftballon) gespielt hatte. So konnte ich mit Bezug auf Gio erklären, was "toben" bedeutete.

Beim anschließenden Malen mit den dicken Filzstiften, die ich immer dabei hatte, kriegte sie Farbe an einen ihrer Finger und ich riet ihr, die möglichst gleich abzuwaschen. Auf dem Weg zur Toilette musste sie wohl den beiden Reinigungsfrauen begegnet sein. Sie schenkten ihr jedenfalls zwei in Geschenkpapier eingewickelte Tafeln Schokolade. Das freute sie sehr und ließ sie ihre etwas missglückten Geburtstagstage (es gab den eigentlichen Geburtstag, dann den 2.Geburtstag - das war der Tag nach dem Geburtstag mit dem verhinderten Eislaufen - und dann noch heute den 3.Geburtstag, wohl wegen der Geschenke) vergessen.

Zum Ende der Stunde hin fanden wir Zeit, noch ein wenig Schach zu spielen. Sie sagte mir, sie hätte schon in der Ukraine Schach gespielt. Es war aber wohl so, dass sie eher Dame oder etwas Ähnliches gespielt hatte auf dem Schachbrett. Jedenfalls erklärte ich ihr grob die Regeln und wir fingen einfach einmal an. Ziel war, ihr das Spiel soweit beizubringen, dass sie mit ihrem Papa Schach spielen konnte. Dann wollte ich ihr das Spiel nachträglich zum Geburtstag schenken, sozusagen zum 4.Geburtstag. Einige Wochen später erfuhr ich aber, dass ihr Papa gar nicht Schach spielen konnte. Sowas! Da hat man eine Landkarte im Kopf, nach der es von der Ukraine nicht weit nach Armenien und Aserbaidschan – dem Geburtsland von Garri Kasparow - ist, und dann kann Papa nicht Schach spielen. Ich habe ihr das Spiel trotzdem geschenkt. Vielleicht bringt sie ihrem Papa ja das Spiel bei.

Valerija schrieb gerne in Schreibschrift und machte das auch sehr schön. Ich lobte sie deswegen ein paar Mal. Sie lächelte dann immer und bedankte sich. Wahrscheinlich ging ihr das runter wie Honig. In einer der letzten Nachhilfestunden des Jahres musste sie die Buchstaben 'k' und 'ck' und Worte, die diese enthielten mehrfach in Schreibschrift in ihr

Arbeitsheft schreiben. Das machte sie sehr akkurat. Sie erklärte mir dann, dass die einzelnen Buchstaben, aber auch eine Kombination wie 'ck' eine bestimmte Musik beim Schreiben machen würden. Wenn man genau hinhörte, konnte man die Musik, die durch das Kratzen des Stiftes auf dem Papier und dem Rhythmus durch die Absetzpunkte entstand, hören. Ich lauschte ihrem Schreiben. Sie hatte Recht. Es war mir nie aufgefallen.

Albert

„37, 38, 40, ..." zählte Albert. „Und wo ist die 9?" rief sie entrüstet. Albert wirkte etwas verstört und setzte noch einmal an. Und dann fiel ihm ein, dass nach 38 die 39 kam. Sie war zufrieden. Albert – die kleine Kasperlefigur – neigte überhaupt ein bisschen dazu, sich zu verzählen, und sie musste ihm dann öfter helfen. So zählte er einmal achtzig, neunzig, zehnzig. Sie korrigierte ihn gleich, dass das hundert heißen müsste. Albert hatte es nicht leicht. Bei Additionsaufgaben rechnete sie manchmal so schnell, dass er gar nicht mehr mitkam. Es machte ihr Spaß, Albert zu verblüffen. Einmal behalf er sich damit, dass er einen Teil der Aufgabe mit der Nase verdeckte, so dass sie nicht sehen konnte, was zu rechnen war. Allerdings revanchierte sie sich dann gleich und deckte die nächste Aufgabe mit ihrer Hand ab. Er versuchte dann, zwischen ihren Fingern hindurch zu sehen, was sie köstlich amüsierte. Sie verdrängte ihn beziehungsweise seine Nase mit einem Bleistift. Jedenfalls hatte Albert seit der Zeit eine leicht verschmutzte Nase. Auch das Alphabet trainierte sie mit Albert. So schnell wie möglich musste es von vorne nach hinten und von hinten nach vorne aufgesagt werden. Natürlich war sie schneller als Albert.

Manchmal kriegte Albert auch ein Lob. Nicht aber, wenn er wie einmal ein Winterbild malen sollte, und dann behauptete, er wäre schon fertig, weil ja alles voller Schnee wäre und dieser weiß sei. Sie schaute ihn eindringlich an und dann sagte sie (auf Deutsch!): „Du willst gar kein Bild malen, stimmt's?!" Albert druckste daraufhin zwar herum von wegen *weiß* und *Schnee*, aber das ließ sie nicht gelten.

Es war der Tag, an dem wir das Sonne-Erde-Modell für die Lehrerin der Übergangsklasse bis auf zwei „Übergangspfeile" aus Papier fertig hatten. Ich erklärte Valerijas Freundin Sayana (Flüchtlingskind aus Tschetschenien), die in der Mitte unserer „Stunde" auf Besuch gekommen war, das Modell. Wie es Tag und Nacht wurde und warum die

Nordhalbkugel im Winter weniger Sonne bekäme. Dann sagte ich ihr, dass wir noch zwei Pfeile anmalen und beschriften müssten (auf den Pfeilen stand jeweils "halbes Jahr" und darunter sollten die Kinder die Monate von Sommer bis Winter, also Juli, August etc., bzw. von Winter bis Sommer, also Januar, Februar etc., noch ergänzen). Sayana wollte aber lieber erst einmal spielen. Sie nahm sich die Figur ‚Brigitte' und begann, mit Albert Kasperletheater zu spielen.

Brigitte: "Warum hast du eine Brille auf?" (Albert trug eine Brille. Es war eine Puppenbrille, die ich einmal zu anderen Zwecken besorgt hatte. Er sah damit fast intellektuell aus. Valerija hatte das zu Beginn der Stunde etwas irritiert: "Albert sieht wie ein ganz anderer Albert aus!" hatte sie gesagt.)

Albert: "Das ist meine Schulbrille. Ich komme im Herbst in die Schule! Ich komme in die Klasse von Frau Blume."

Brigitte: "Ich komme auch in die Schule."

Albert: "Ne, du bist doch erst 5 Jahre, du gehst noch in den Kindergarten."

Aber Brigitte beharrte darauf, dass sie auch in die Schule käme.

Daraufhin Albert: "Du kannst gar nicht in die Schule kommen, weil du noch nicht einmal weißt, was 15+14 ist!"

Jetzt war Sayana baff und man sah richtig, wie es arbeitete: 15+14=?. In der Zeit, in der sie überlegte, konnte sich Albert in aller Seelenruhe seine Brille wieder holen, die ihm Brigitte von der Nase gestupst hatte und sehen, wie weit Valerija mit ihrer Hausaufgabe war. Dies war die Zeit, in der Valerija viel mit gelacht hatte, aber plötzlich ohne Probleme ihre restliche Hausaufgabe machen konnte.

Sayana hatte zunächst mit 24 falsch geraten, im zweiten Versuch dann aber 29 richtig gerechnet. Daraufhin legte Albert nach: "Trotzdem kannst du nicht in die Schule, Brigitte, denn du weißt ja nicht, was 26+13 ist". Jetzt halfen Sayana und Valerija zusammen und errechneten nach kurzer Zeit 39 als richtiges Ergebnis. Daraufhin gab es erst mal Brotzeit und Albert verlor noch mehrere Male seine Brille durch Brigittes ungestümes Agieren im Kasperletheaterspiel. Später malten sie dann die zwei Halbjahrespfeile für das Sonne-Erde-Modell. Allerdings nutzten sie Wasserfarben und den Lackstift auch dazu, sich Fingernägel anzumalen und Tattoos auf die Unterarme zu malen. Sie alberten herum und wechselten dabei häufiger ins Russische. Albert verstand kein Russisch. Deshalb machte er immer auf sich aufmerksam mit dem einzigen, was er in Russisch zu sagen wusste: „Ya ne ponimayu", was so viel hieß wie ‚Ich verstehe nicht'. Das amüsierte die beiden immer köstlich.

Einmal bei den Mathe-Hausaufgaben erzählte ihr Albert, dass er so gern einmal mit einem Raumschiff ins All fliegen würde. „Puppen können nicht ins All fliegen!" beschied sie ihn. Er hielt ihr aber entgegen, dass früher schon Hunde und Affen ins All geflogen wären. Dass ein Hund ins All geflogen war, akzeptierte sie, aber Affen? Nein, das glaubte sie nicht.[3] Albert ging aber noch einen Schritt weiter und erklärte ihr, dass zu Versuchszwecken sogar schon Frösche ins All geschossen worden waren. *„Frösche?"* rief sie ungläubig. „Das glaube ich nicht", sagte sie. „Doch, doch!" beharrte Albert. Ich hakte ein, dass wir vielleicht jetzt erst einmal die Mathe-Hausaufgabe machen sollten. In der zu erledigenden Aufgabe war der Weg vom Eingang zum Ausgang in einem Zoo mit Zahlen durchnummeriert und zwar absteigend, aber mit Fehlstellen, was die Einer anging, also meistens nur in Zehnerschritten. Aufgabe war nun, fehlende Schrittzahlen etwa auf dem Weg zum Giraffenhaus zu ergänzen. Albert fiel auf, dass der Ausgang die Nummer 1 trug und nicht die Nummer 0. Sofort begann er zu jammern: „Wie soll das Raumschiff denn jemals abheben, wenn hier nur bis 1 herunter gezählt wird und nicht bis 0?!" Er schien sehr betrübt. Valerija versuchte, ihn wieder auf den Boden der Tatsachen zu bringen. So wäre halt die Aufgabe. Und außerdem könnten

---

[3] Die Russen schickten zu Beginn der Raumfahrt den Hund Laika ins All, die Amerikaner zwei Schimpansen

Puppen eh nicht ins All fliegen. Jetzt musste ich einhaken, denn die Geschichte drohte, in eine Endlosschleife zu geraten. Wir kriegten die Hausaufgabe dann doch noch rechtzeitig fertig.

Albert war überaus neugierig. Immer interessierte er sich für ihre Hausaufgaben und wollte ihr beim Schreiben zuschauen. Ein dabei wiederkehrendes Handlungsmuster war, dass sie rief: „Nicht schauen!" und mit ihrer Hand das Heft, in dem sie schrieb, verdeckte. Dann musste Albert ans andere Ende des Tisches und abtauchen oder zumindest den Blick abwenden. Aber das fiel ihm halt so schwer, weshalb er alle möglichen Tricks probierte, um zu sehen, was sie schrieb. Teils guckte er nach oben und pfiff ein Liedchen, wobei er sich scheinbar unbeabsichtigt wieder näher heran pirschte (was sie sehr wohl bemerkte), teils näherte er sich im toten Winkel. Einmal nutzte er gar ein Gefäß auf dem Tisch. Er versteckte sich dahinter und schob es dann immer näher an ihr Heft heran. Sie lächelte, als sie es erkannte, aber immer kam dann ein eindringliches „Nicht schauen!" und Albert eilte schnell wieder an sein Ende des Tisches.

In der zweiten Jahreshälfte versuchte sie häufiger, sich um die Hausaufgaben zu drücken. Der Start zur Mathe-Hausaufgabe war jetzt in der Regel nicht einfach. Albert äußerte mehrfach den Wunsch, dass er gerne zählen würde. Sie sah ihn an, als ob er ein Alien wäre: "Du möchtest *zählen?*" Nachdem ich auch noch einstimmte, dass wir doch jetzt mit den Mathe-Hausaufgaben anfangen sollten, intonierte sie auf einmal die ersten Takte von Beethovens Schicksalssinfonie. Erst nachdem sie das ausgiebig gemacht hatte und dabei im Zimmer herumgegangen war, konnten wir anfangen. Wir machten zusammen die Mathe-Aufgaben zur Addition und Subtraktion (Form: 8+?=12, 14-?=9, 7+8=?). Albert half mit, sie ließ Brigitte mitspielen und mitrechnen.

Später ging das so weit, dass sie, bevor ich noch „Was hast du denn als Ha…" aussprechen konnte, schon ein großes „Nein" auf die bereitgelegten Papierbögen schrieb. Einmal schrieb sie auch noch dazu: „Ich will nicht Hausaufgaben machen!". Albert machte sich nun einen Spaß und ergänzte ein zweites „nicht". Aber sie schaute ihn nur verständnislos an. Sie war offensichtlich eine Verfechterin der bayerischen Interpretation der doppelten Verneinung. Dann begann sie, ihr großes „Nein" auszumalen. Sie schindete damit natürlich Zeit.

Valerija 2015: Nein

Das Spiel mit den Handpuppen Albert und Brigitte war ein überaus erfolgreiches Mittel, um Zeit vor den Hausaufgaben zu schinden. Eine besonders hinterlistige Strategie hatte sich dabei Brigitte einfallen lassen. Sie begann, Utensilien wie Radiergummi oder Bleistift, die zur Bearbeitung der Hausaufgaben notwendig waren, zu essen. Albert und ich mussten dann warten, bis der Verdauungsprozess abgeschlossen war und die Utensilien unten wieder herausfielen. Später perfektionierte sie das Spiel, indem sie Albert etwa mit dem ausgeschiedenen Radiergummi verfolgte. Albert rief nur „Igitt! Igitt!" und versuchte, das Weite zu suchen. Es machte ihr einen Heidenspaß, ihn zu verfolgen.

Albert mokierte sich des Öfteren über ihre Abkürzungswut im Aufgabenheft (dort war eingetragen, was als Hausaufgabe zu machen war) – wobei die vielen Abkürzungen wahrscheinlich eher die Vorliebe *ihrer Lehrerin* war. So versuchte er, die Buchstabenfolge „Schrh dbl" oder „Fbk" zu artikulieren (wie sich später ergab: Abkürzungen für Schreibheft dunkelblau bzw. Fumibuch klein). Vielleicht war es für sie mit Albert manchmal zum Verzweifeln. Im Eifer der Abkürzungen hatte sie dort aber auch einmal fälschlicherweise „Rah" statt „Reh" eingetragen. Albert machte sich einen Spaß daraus, im folgenden immer wieder von der Aufgabe xy im „Rachenheft" zu sprechen: „Und jetzt kommt Aufgabe 4 im Rachenheft" frohlockte er[4]. Sie lachte. Man muss dazusagen, dass die Abkürzungen auch nicht immer gleich waren. So gab es etwa einmal einen Eintrag „Rh" statt „Reh". Albert vermutete, das müsse wohl Rhabarber bedeuten und spielte ihr damit voll in die Hände. Denn sie wusste mit dem Begriff Rhabarber nichts anzufangen. Über Google Bilder konnten wir einige Abbildungen zu Rhabarber anschauen, auch Marmeladen dazu, aber es war wohl kein typisch ukrainisches Obst. Die Bilder riefen bei ihr jedenfalls keine signifikante Wiedererkennung hervor, sorgten aber für Zeitverzug bei der Bearbeitung der Hausaufgaben. Ein anderes Mal stand im Aufgabenheft als Deutsch-Schreibaufgabe: 'Fgr S.23, TF'. Albert frotzelte natürlich wieder wegen der Abkürzungen, was sie auf die Idee brachte, einen Count-down von 4 ab zu machen, verbunden mit der Aufforderung an ihn, zu raten, was die Abkürzung bedeutete. Albert versuchte es mit 'Frosch grün', aber das war falsch und so erreichte sie die Null, ohne dass er herausgefunden hätte, was 'Fgr' zu bedeuten hätte. Allerdings war die Null in ihrem Count-down für ihn das Startsignal. „Lift

---

[4] Monate später entwickelte Albert daraus das Konzept des „Hustenhefts". Er erklärte ihr, dass man in ein Hustenheft nicht schreiben würde sondern hinein husten. Als er das an ihrem Arbeitsheft illustrierte, rief sie: „Ih! Pfui!" und versuchte ihr Heft in Sicherheit zu bringen, bevor es von Viren kontaminiert würde.

off!" rief er und hob in die Luft ab, wobei er vorgab, in einem Raumschiff zu fliegen. Mit einem Bleistift holte sie ihn wieder auf den Boden. Sie erklärte, dass 'Fgr' 'Fumi-Heft groß' bedeutete. Natürlich! Dass Albert darauf auch nicht selbst gekommen war.

In der letzten Nachhilfestunde des Jahres hatte sie nur eine kleine Deutsch-Hausaufgabe auf, sodass wir viel Zeit für das Puppenspiel hatten. Albert ärgerte dabei Brigitte. Zur Strafe nahm sie Albert über seine Zipfelmütze in den Schwitzkasten. Albert lag ganz schief auf dem Tisch und musste akzeptieren, dass der Bommel seiner Zipfelmütze sprechen konnte. Sie übernahm die Rolle des sprechenden Bommels. Der Bommel beklagte sich, dass er immer mit Albert in die 1.Klasse bei Frau Stengel (Albert hatte immer behauptet, er ginge in die erste Klasse zu Frau Blume) gehen müsste, wo er doch viel lieber mit Brigitte in den Kindergarten gehen würde. Dort gäbe es mittags Spaghetti mit Tomatensauce. Albert begehrte auf, dass er auch gerne mitessen würde. Valerija beschied ihn, dass er in die Schule gehen müsse. Die Leute würden ihn sonst für dumm halten, wenn er auf einmal mit in den Kindergarten ginge. Ätsch!

Ende des Jahres starteten wir unser Buchprojekt. Bei der Gelegenheit erzählte ich ihr von Alberts Geschichten.

Ich hatte ihr mitgeteilt, dass Albert behauptete, gelegentlich eine Eule nachts in unserer Scheune zu treffen. Als ich ihn fragte, was er in der Nacht in der Scheune zu suchen hätte, drückte er sich um eine Antwort. Diese Eule nun hätte ihn ein paar Mal in einen Hasen verzaubert, und er wäre dann im Hasenland gelandet. Dort hätte er auch Brigitte getroffen, die in ein Nilpferd verwandelt worden wäre und eine Ente namens Wat. Die drei hätten zusammen einige Abenteuer erlebt, von denen er mir erzählte, und die ich dann niederschrieb. Sie flüsterte mir zu, dass Albert das wahrscheinlich geträumt hätte. Ich flüsterte zurück, dass ich denselben Verdacht hätte. Aber Albert hatte das trotzdem gehört und verneinte das entschieden. Er wäre wirklich von der Eule verzaubert worden und wäre dann mit Brigitte, die als Nilpferd verzaubert war, im

Hasenland gewesen. Da sie öfter mit der Handpuppe Brigitte spielte, gefiel ihr die Vorstellung, dass Brigitte in ein Nilpferd verwandelt worden wäre, zunächst nicht sonderlich. Die Geschichten aber interessierten sie doch. Ich gab ihr die Erste zu lesen.

Alberts 1.Geschichte

Albert und Wat gingen wie schon fast jeden Tag in diesem Sommer zum See. Albert hatte seine Nase in Richtung See gereckt und summte ein Lied vor sich hin:

> "Es ist heut' so heiß,
> schuwi du, schuwi du,
> ich möchte ein Eis,
> schuwi muh, schuwi muh,
> Erdbeer, Vanille und Nuss,
> schuwi katz, schuwi katz,
> das wäre ein Genuss,
> schuwi schmatz, schuwi schmatz!"

Als sie am Wasser ankamen, begannen Wats Augen zu funkeln, und ihr Schwanz wackelte vor Freude. Es plumpste, und sie war in ihrem geliebten Nass.

"Halt!" schrie Albert, "ich will doch auch mit!"

"Dann komm, du alte Pfeife!" quakte Wat und schwamm einfach weiter.

"Ich kann nicht!" rief Albert. "Ich bin wasserscheu."

'Immer dasselbe!' dachte Wat. Da sah sie auf einmal ein schwarzgraues Ding vor sich im Wasser liegen. Sie erschrak so sehr, dass sie nicht einmal mehr um Hilfe rufen konnte. Sie schwamm so schnell es ging ans Ufer.

Das Ding schnaubte plötzlich und begann zu sprechen:

"Ich tue euch nichts! Ich bin ein Nilpferd."

"Wie heißt du denn?" fragte Wat mit bebender Stimme.

"Brigitte!" flötete das Nilpferd und rollte mit den Augen, so gut gefiel ihr ihr eigener Name.

Albert hatte von ferne zugeschaut, als ihm plötzlich eine tolle Idee kam. "Ich bin wasserscheu." rief er. "Trägst du mich vielleicht auf die andere Seite?"

"Wenn du willst, gerne!" grunzte Brigitte und schwamm ans Ufer heran.

Albert stieg ganz vorsichtig auf ihren speckigen Rücken, dass auch ja keine seiner Zehen nass würde.

"Ich will auch!" rief Wat und watschelte eilig heran.

"Nein, das wird zu eng!" schrie Albert entsetzt.

Wat streckte beleidigt den Kopf in die Höhe und ging ans Wasser. Dann schwammen sie, Brigitte prustend und Wat eifrig füßelnd, hinüber ans andere Ufer. Drüben angekommen beschlossen sie, ein Stück vom Ufer weg in Richtung Wald zu marschieren. Sie waren nicht lange gegangen, als sie plötzlich vor einem großen Erdhaufen standen. Brigitte versuchte sogleich, ihn zu besteigen. Ihre Augen waren triumphierend geweitet. Sie sank aber, weil sie so schwer war, immer tiefer in die lockere Erde ein.

Schließlich steckte sie fest, grunzte erbost und trat dann, wenn auch widerwillig den Rückzug an. Wat bemerkte, dass es doch erheblich einfacher sei, um den Hügel herum zu gehen, statt ihn zu besteigen. Albert runzelte die Stirn und dachte offensichtlich überaus angestrengt nach. Schließlich kam er zu dem Schluss, dass Wat wohl - wie immer - recht habe. Brigitte schaute indigniert, machte laut: "Pphh!", trottete dann aber hinter den beiden her.

Als sie um den Erdhaufen herum waren, standen sie vor einer großen, dunklen Höhle.

"Wer da wohl wohnt?" flüsterte Albert.

Wat streckte den Zeigefinger wissend in die Luft, als wollte sie dort oben ein Loch bohren, und quakte: "Bestimmt ein Lochtier!" Dabei wurde es ihr angesichts dieser beklemmenden Erkenntnis auf einmal ganz bang, und sie schluckte, dass ihre Fliege am Hals nur so auf und ab hüpfte.

'Ein Lochtier!' dachte Albert so leise er konnte, und er wünschte, er wäre noch viel dünner, als er ohnehin schon war. Dann hätte das Lochtier bestimmt keinen Appetit auf ihn.

Nur Brigitte ließ das völlig unbeeindruckt. Sie stapfte, neugierig wie sie nun einmal war, in die Höhle hinein. "Kommt schon, ihr Angsthasen!" schnaubte sie.

Zitternd vor Angst schlichen Albert und Wat hinterdrein und versteckten sich hinter dem großen Hintern von Brigitte. Nach kurzer Zeit wurde es etwas heller in der Höhle, denn in die Decke hatte jemand lauter Löcher gebohrt.

"Mein Gott! So etwas Eigenartiges habe ich in meinem ganzen Leben noch nicht gesehen", stammelte Wat. Und Albert malte sich in Gedanken schon aus, wie *er* wohl mit solchen Löchern aussehen würde. Dann stieß Brigitte auf eine Tür. Sofort fiel ihr das Schlüsselloch auf und, das rechte Auge so weit aufgerissen, wie es nur ging, guckte sie durch das kleine Loch,

als plötzlich die Tür aufging, und ein Bär vor ihnen stand.

"Kommt herein!" sagte er. "Ich zeige euch meine ganze Höhle, wenn ihr wollt."

Das ließ sich Brigitte natürlich nicht zweimal sagen und wollte sich schon durch die Tür zwängen, als Wat sie anstupste und leise ermahnte, sich doch taktvoll zu benehmen.

"Ach ja!" seufzte Brigitte.

"Was?" fragte der Bär.

"Ach nichts!" erwiderte Brigitte, und der Bär verstand gar nichts mehr.

Albert und Wat stiegen auf Brigittes Rücken.

"Halt!" rief da der Bär. "Erst müsst ihr raten, wie ich heiße."

Albert dachte angestrengt nach. "Heißt du vielleicht Bär?" fragte er dann. Da lachte der Bär nur. Albert wusste nicht, was denn daran so lustig war.

Wat hatte sich derweil umgesehen und auf einmal ein winziges Schild am Türrahmen entdeckt, auf dem stand:

      'Hier haust Borda, der Bär."

Natürlich tat sie so, als hätte sie das Schildchen gar nicht gesehen. Dann fragte sie genüsslich: "Heißt du vielleicht … Borda?"

Dem Bären traten fast die Augen heraus, so verblüfft war er. "Woher weißt du denn das?" wollte er wissen. Aber Wat lächelte nur mild. Albert sah Wat ganz ehrfurchtsvoll an. 'Wie gut, wenn man eine so gescheite Freundin hat', dachte er.

"Jetzt tretet aber ein!" sprach Borda. "Es wird bald dunkel. Wenn ihr wollt, könnt ihr gerne heute bei mir über Nacht bleiben." Als Albert das hörte, wurde er sogleich ganz müde und gähnte, dass man tief in seinen Hals hinunter schauen konnte. Als er sich aber auf das Bärensofa legte und seine Ohren über die Augen schlug, brummte der Bär: "Jetzt doch noch nicht! Wir wollen erst noch zu Abend essen. Ich habe schließlich noch ein ganzes Fass Honig draußen neben der Tür. Das werden wir nun schlachten!" Bei dem Wort 'Honig' war ihm offensichtlich das Wasser im Mund zusammengelaufen. Denn die Luftfeuchtigkeit hatte stark zugenommen. Sowohl Albert wie auch Brigitte und Wat mussten sich Wassertröpfchen aus den Augen reiben. Brigitte ärgerte sich darüber, denn sie hatte sich erst Dauerwellen legen lassen. Aber als dann Borda mit dem Honig anrückte, war aller Groll sofort vergessen. Jeder bekam ein kleines Schälchen, das Borda dann füllte. Er selbst aß aus dem Fass. Albert hatte sich die ganze Zeit über gewundert, warum der rechte Zeigefinger von Borda so viel länger als alle anderen Finger war. Jetzt fand er die Erklärung: Borda tauchte seinen Zeigefinger immer wieder in das Honigfass. Den Honig, der daran kleben blieb, schleckte und saugte er dann so intensiv ab, dass sein Finger im Laufe der Zeit wohl immer länger geworden war.

Nachdem sich alle am Honig gelabt hatten, spielten sie Verstecken. Brigitte ärgerte sich dabei, dass sie immer so schnell entdeckt wurde.

Aber ihr dickes Hinterteil lugte halt einfach aus jedem Versteck hervor.

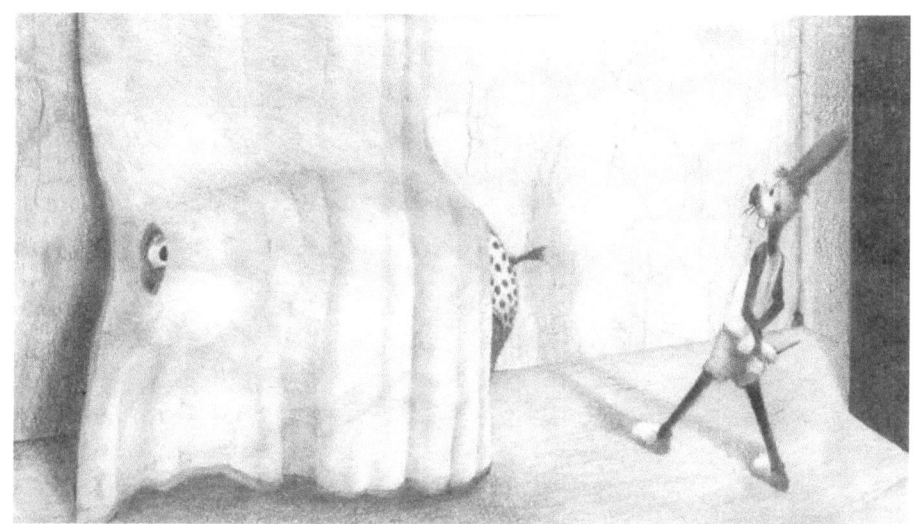

Dann wurde es Zeit, schlafen zu gehen. Borda holte ein paar Decken. Darin wickelten sie sich ein und schon bald lagen alle in tiefem Schlaf. Nur Brigittes Hinterteil schaute noch heraus, als der Mond durch ein Fenster in der Decke schien.

Kreative Momente

Nach Hausaufgaben und Brotzeit kam immer der kreative Teil. Wir malten oder töpferten. So zeichnete Valerija z.B. einmal mit wenigen Strichen ihre Oma vor dem Fernseher, in dem Obama und Putin zu sehen waren.

Valerija 2015: Oma sieht Obama und Putin im Fernsehen

Zum Anfang einer der Stunden schauten wir uns auf dem Tablet per Google Bildersuche Bilder von Vulkanen an (das hatte Valerija gerade interessiert). Einige der Vulkane waren bekannt, sodass wir uns ansehen konnten, in welchem Land sie lagen (z.B. Ätna, Fujiyama). Unter den Bildern waren auch Versteinerungen aus Pompeji. Das ließ sich da nicht mehr wegblenden, so musste ich ihr erklären, wie der versteinerte Mann auf dem Bild umgekommen war. Die „Google Bildersuche" konnte einen also auch in Erklärungsnöte bringen. Das widerfuhr mir später noch einmal, als ich ihr den Unterschied von Sau und Eber - Begriffe, die in einer Deutsch-Hausaufgabe vorgekommen waren - erklären sollte, und ich auf die Idee verfallen war, dafür Google Bildsuche zu verwenden.

Etwas eigenwillige Vorstellungen hatte sie von weiblichen und männlichen Schnecken. Während einer der Mathe-Hausaufgaben erwähnte Albert, dass er auf den geplanten Flug in den Weltraum 61 Schnecken mitnehmen wollte (61 war zu dem Zeitpunkt gerade das Ergebnis einer der Aufgaben). Um den Begriff 'Schnecke' zu klären, zeichnete sie einen Apfel mit - ja, Albert meinte, das wäre ein Wurm, sie verneinte das. Ich zeichnete eine Nacktschnecke und erklärte ihr, dass das eine Schnecke wäre. Sie nickte und ergänzte ein Schneckenhaus darauf und erklärte mir, dass das eine Frau-Schnecke wäre. Die Mann-Schnecke hätte kein Haus. Ich versuchte ihr zu erklären, dass das nicht richtig wäre, dass es einfach verschiedene Schneckenarten gäbe, z.B. sogar Meeresschnecken. Das wusste sie, aber sie ließ sich nicht von ihrer Einteilung in weibliche und männliche Schnecken abbringen (die armen männlichen Schnecken!).

Bis zum Sommer töpferten wir fast in jeder Nachhilfestunde. Ich kam immer schwer bepackt in die Schule. Der zerstörungsfreie Abtransport getöpferter Ware war eine Herausforderung. Aber es klappte.

Unser erstes Töpferprojekt war der blaue und gelbe Armreif. Anfang Februar hatten wir die Bänder aus einer Platte Ton geschnitten und zusammengefügt und ich hatte sie zum Trocknen mit nachhause genommen. Nun war der Schrühbrand erfolgt und ich brachte die Armreife in die Nachhilfestunde. Wir probierten, ob sie passten. Glücklicherweise war das der Fall. Wir glasierten die Reife, einen blau, den anderen gelb, die Nationalfarben der Ukraine. Da die Tonobjekte nach der Formung immer erst zwei Wochen trocknen, dann schrühgebrannt werden mussten und erst dann bemalt werden konnten, zog sich jedes Projekt immer über mehrere Nachhilfestunden. Die Töpferprojekte griffen auf diese Weise zeitlich ineinander. Während eines noch lief, starteten wir bereits das nächste.

So hatte ich in der Nachhilfestunde nach dem Start des Armreifprojekts einen zu einer Platte gewalzten Ton dabei und zwei Formen: eine zum Formen einer Halbkugel und eine für Drachen in vier verschiedenen Ausprägungen. Eine Halbkugel hatte ich schon fertig in der Form, nahm sie heraus, so dass wir die Form zum Auskleiden einer zweiten Halbkugel nutzen konnten. Dazu wurde aus der Tonplatte ein geeignetes Stück ausgeschnitten, in das sie zunächst Muster pressen konnte. Dann drückten wir die Platte in die Form und schnitten den Rand mit einem Messer ab. Nach einer halben Stunde Antrocknen verbanden wir die beiden Hälften mit Schlicker, den ich in einer kleinen Tupperbox dabei hatte. Das Eindrücken verschiedener Muster in die Tonplatte machte ihr Spaß. Das Schlickern zum Verkleben von Tonflächen war ihr zunächst etwas unheimlich (weil es wie Hantieren mit Dreck war). Sie rückversicherte sich ein paar Mal per Blickkontakt bei Papa, dass das ok war - ob Papa leidvoll guckte, weiß ich nicht, auf jeden Fall unterband er die Aktion nicht. Daraufhin konnte sie eine Drachenform wählen. Wir pressten Ton in die Form und lösten dann den Drachen langsam aus der Form und brachten ihn per Schlicker auf die Kugel (daher der Name Drachenkugel). Ich erklärte ihr anschließend an Hand des Kalenders, dass der Ton jetzt erst zwei Wochen trocknen müsste, dann zu einem ersten Brand in den Ofen käme. Danach könnten wir die gebrannte Kugel glasieren und nach einem weiteren Brand wäre die Kugel fertig.

Das war die Stunde vor den Faschingsferien.

Nach den Faschingsferien waren die Armreife fertig. Sie probierte, mit der Hand hinein zu kommen und, oh Wunder, beide Armreife passten. Natürlich waren sie etwas schwerer als ein Plastik-Armreif, aber ich erklärte ihr, dass sie dafür (durch das ständige Training eines schweren Unterarms) mehr Muskeln bekommen würde. Ob sie das überzeugte, weiß ich nicht. Die Drachenkugel war schrühgebrannt und konnte bemalt werden. Anschließend starteten wir das dritte Töpferprojekt. Wir formten aus Ton (ich hatte wieder eine Platte dabei) Kugeln und Röhren sowie eine Maus und ein Wiesel für eine Perlenkette. Das Wiesel war ursprünglich als Maus gedacht, geriet aber dafür etwas zu länglich. Nach einer Bildsuche zu „Wiesel" auf dem Tablet und längerem Betrachten der Bilder erklärte sie sich mit der Uminterpretation der Maus einverstanden. Anschließend wurden verschiedene Muster in die Kettenglieder eingedrückt. Ich erklärte ihr, dass die kleinen Tonobjekte jetzt wieder zwei Wochen trocknen müssten, dann käme der Schrühbrand und anschließend könnten wir sie anmalen. Danach würden sie bei 1220 °C gebrannt und wären fertig zum Auffädeln auf eine Schnur (Lederschnur) für eine Halskette.

Eine Woche später.

Wir töpferten eine Schale, die mit der Drachenkugel verbunden werden sollte. Zunächst legte ich auf eine Tonplatte einen großen Essteller und sie durfte dann eine Kreisscheibe rund um den Teller ausschneiden. Anschließend legten wir die Scheibe auf eine Schalenform und Valerija rollte sie mit einer Walze bündig auf die Form. Dann fragte ich sie, ob sie Zöpfe flechten könnte. Wir mussten den Google-Übersetzer und Bilder von Zöpfen über Google Bilder nutzen, damit ich ihr klar machen konnte, was „Zopf" bedeutete. Sie verstand und bejahte. Wir rollten daraufhin Tonschlangen und legten drei davon aus, die sie wie einen Zopf (sehr konzentriert und völlig korrekt) flocht. Den langen Tonzopf trugen wir dann zusammen (dass er nicht riss) zur Form, legten ihn um den Scheibenrand, drückten ihn an und verstrichen ihn zur Schale hin. Sie ritzte zum Schluss noch ihren Namen in die Tonschale. Das Ganze legte ich anschließend zum Abtransport in eine große Tüte. Sobald der Ton lederartig wäre, würde ich die Form kippen und den Stahlstift in der Mitte verankern (für die Drachenkugel), erklärte ich ihr. Nach dem Schrühbrand könnten wir die Schale anmalen.

Die Woche darauf malten wir die Kettenglieder für die Halskette an (der Schrühbrand war erfolgt und man konnte die Glieder glasieren). Für die

Halskette hatte ich Lederbänder (zum Auffädeln) und Magnetverschlüsse dabei. Ich dachte, ich würde sie zu den Eigenschaften des Magnetismus verblüffen, aber das konnte sie schon benennen. Nur, als ich ein 1-Cent-Stück auf einem Papier tanzen ließ, indem ich den Magnet unter dem Papier hin- und herschob, war sie doch beeindruckt und machte das gleich nach.

In der Folgewoche war die Schale fertig zum Glasieren. Valerija suchte die Farben aus und sie und Albert trugen diese zusammen auf. Die Schale würde bis zum nächsten Mal dann bei 1220 °C gebrannt.

Eine Woche später war sie fertig. Stolz trug Valerija sie nachhause.

Valerija hält die selbst getöpferte Schale mit Drachenkugel

An dem Tag fädelten wir auch die Kettenglieder auf das Lederband für ihre Halskette und befestigten den Magnetverschluss. Albert legte sich die Kette gleich um den Hals. Aber sie war zu groß für ihn. Anschließend probierte sie die Kette an. Sie stand ihr gut, war bunt, aber halt auch etwas schwer. Außerdem töpferten wir an dem Tag noch einen Mädchenkopf, den ich nachhause zum Trocknen mitnahm.

Dann waren Osterferien.

In der ersten Nachhilfestunde nach den Osterferien bemalten Valerija und ich den schon getöpferten und inzwischen schrühgebrannten Kopf. Als wir aufräumen mussten, nahm sich Valerija das Wasserglas, das ich mitgebracht hatte, und dessen Wasser nach dem Malen völlig trüb war. Ich versuchte sie aufzuhalten, indem ich ihr sagte, dass ich das Wasserglas (mit Deckel verschraubt) mitnehmen würde, es wäre ja völlig verschmutzt. "Ja genau!" sagte sie und resolut, in der Art einer schwäbischen Hausfrau (auch ich bin nicht vorurteilsfrei) stürmte sie mit dem Glas in beiden Händen aus der Tür. Ich eilte hinterher. Sie rannte in die Schultoilette und ich hinterdrein, denn ich befürchtete, dass sie das Waschbecken versauen würde. Schlagartig wurde mir bewusst, dass ich ja in der Damentoilette war. Die Putzfrauen hatten gerade geputzt, sodass alle Türen offenstanden. Ich reinigte schnell die Ränder, die sie am Waschbeckenrand hinterlassen hatte, mit einem Taschentuch, sie spülte das Glas mehrfach und als es sauber war, nahm ich es ihr ab und dann … schnell raus! Peinlich, peinlich! Nun, nachträglich betrachtet, denke ich mir: Du bist ein alter Mann. Nur wenige Männer können von sich behaupten, eine Damentoilette von innen gesehen zu haben.

Ab Mitte Mai arbeiteten wir an einem Geschenk für die Klassenleiterin von Valerijas Übergangsklasse. Sayana half bei ihren Besuchen immer mit. Auf einem ellipsenförmigen Brett sollte ein Modell von Sonne und Erde dargestellt werden, zur Illustration, wie es zu Tag und Nacht und zu

Sommer und Winter kam. In der Mitte der Scheibe sollte auf einem Stahlstift die Sonne sein, links die Sommererde und rechts die Wintererde (aus der Sicht der Bewohner der Nordhalbkugel), jeweils um 23° geneigt drehbar auf einem Stahlstift. Unter den drehbaren Erden sollte links ein Sommerbild und rechts ein Winterbild auf die Holzscheibe geklebt sein.

Skizze des Sonne-Erde-Modells, die zusammen mit Valerija und Sayana angefertigt wurde

Das Sommerbild malte Valerija, das Winterbild Albert. Albert ließ dabei einfach alles weiß. Auf ihre Frage, wo denn das Bild sei, antwortete er, es wäre alles voll Schnee und der wäre weiß. Das wollte sie aber nicht als Winterbild durchgehen lassen. Deshalb malte sie letztlich auch das Winterbild. Die beiden Erdkugeln modellierte Sayana aus Ton. Ich zeigte beiden dabei, wie man über Abwiegen des Tons auf einer Küchenwaage erreichen konnte, dass beide Erden gleich groß wurden (beide Tonklumpen müssen das gleiche Gewicht haben). Ich formte die Sonne. Auf den drehbar geneigten Erden befestigten wir noch je eine kleine Lehrerin, einmal im Kleid, einmal mit Mantel. Wir bemalten die schrühgebrannten Objekte zwei Wochen später. Nachdem fast alles fertig war, mussten noch zwei „Übergangspfeile" bemalt und beschriftet werden. Das machten die beiden.

Ende Juni hatten wir das Sonne-Erde-Modell fertig und stellten es mit einem Brief, den ich Valerija und Sayana vorgelesen hatte und auf dem sie mit unterschrieben hatten, aufs Lehrerpult ins Klassenzimmer für die Lehrerin ihrer Übergangsklasse. Leider vergaß ich, ein Foto zu machen.

Wir machten noch weitere Töpferprojekte. Zum Teil töpferten auch Kinder anderer Asylbewerberfamilien mit. Als Valerija eine Müslischale und eine Tasse töpferte, besuchten uns außer Sayana noch andere Kinder, auch Joana, die Enkelin einer der Nachhilfepatinnen war darunter. Sie töpferten einen Elefanten, eine Ente, einen Fisch, ein Segelschiff und kleinere Trinkgefäße. Joana töpferte eine Kaffeekanne. Die Ergebnisse waren wunderschön, insbesondere die tiefblaue Glasur von Valerijas Schale sah aus wie der Nachthimmel. Joanas Kanne war dagegen recht bunt. Ich dichtete sie später noch mit Bienenwachs ab.

In der zweiten Jahreshälfte gingen wir zum Malen über. Einmal fertigten wir eine Collage an. Ich hatte dazu Zeitungen und Zeitschriften mitgebracht und erklärte Valerija, dass wir daraus Bilder und Texte auswählen, ausschneiden und ins Bild kleben könnten. Zentraler Punkt war ihr Bild mit der Oma und dem Fernseher, in dem Obama und Putin auftraten. Darum herum klebten wir links und rechts zwei zurechtgeschnittene Bilder von Picasso und Bilder aus Zeitungen und Zeitschriften. Auch ein Bild, in der ihre Mama in der Nähgruppe zu sehen war, war dabei. Hillary Clinton schnitt ich in Streifen und klebte diese dann übereinander ins Bild, sodass ihr Gesicht etwas gestaucht wirkte. Sayana kam auch dazu und beide malten dann mit den dicken Filzstiften, die ich mitgebracht hatte, auf die Papierbögen. Die Bilder schnitten wir anschließend aus und klebten sie ebenfalls in die Collage. Zwischendurch erklärte ich beiden mit Hilfe des Tablets, dass auch der berühmte Maler Picasso Collagen gemacht hätte und ich erläuterte, wer Picasso war. Wir schauten uns dazu mit "Google Bildsuche" Bilder zu Picasso an, den Maestro selbst und einige seiner Gemälde. Ich sagte ihnen, dass manche Gemälde von Picasso Preise von vielen Millionen Dollar erzielt hätten. Sie ahnten, dass das sehr viel Geld sein musste, und betrachteten andächtig ihre Collage.

Nach Hausaufgaben und Brotzeit malte Valerija jetzt gerne. Es schien sie zu entspannen. In ein paar Nachhilfestunden dieser Zeit fiel mir aber auf, dass sie sich häufiger räusperte oder hintereinander ein kurzes stoßartiges Hüsteln von sich gab. Ich fragte sie danach und sie meinte, dass sie manchmal schlecht Luft bekäme. Am Wochenende wäre deshalb auch der Notarzt dagewesen. Er hätte ihr eine Salzwasserlösung zum Gurgeln verschrieben. Ich vermutete, dass es vielleicht nervös bedingt wäre und erkundigte mich bei meiner Schwester, die Kinderpsychologin ist, was man in einem solchen Fall tun konnte. Eine ihrer Empfehlungen griff ich auf und empfahl Valerija in der folgenden Nachhilfestunde, wie ein Pferd zu schnauben (dieser „brrrrrhhhh"-Laut), wenn sie Atemprobleme hätte. Ich illustrierte das, dachte natürlich wieder nicht daran, dass die Tür offen war. Allerdings bemerkte ich, als wir die Schule verließen, an den Putzfrauen keinerlei Verstörtheit. Sie waren freundlich wie immer.

Hier nun ist eine Auswahl von Bildern, die Valerija malte.

Valerija 2015: Blume in der Sonne

Valerija 2015: Mädchenkopf und Vogel

Valerija 2015: Blaues Mädchen

Valerijaya 2015: Mädchen in gelb-schwarzem Kleid

Valerija 2015: Hase und Fuchs

Valerija 2015: Blume und Kind an einer Seilbahn

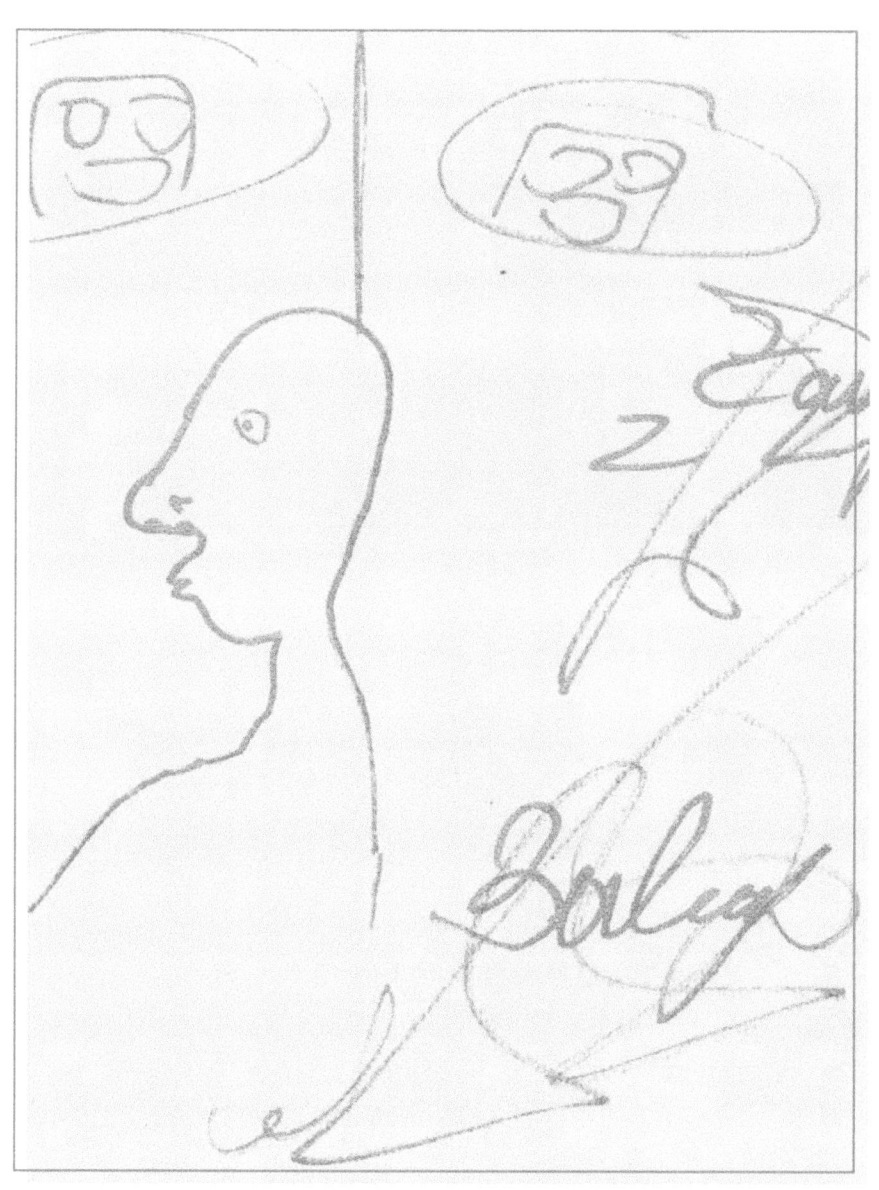

Valerija 2015: Kopf und Unterschriftsübung

Valerija 2015: Pinguin

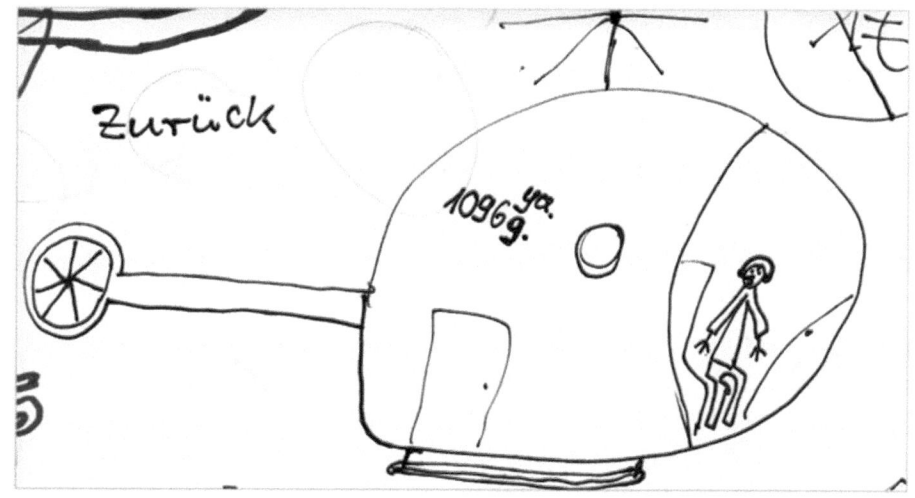

Valerija 2015: Hubschrauber

Ihre Miene drückte Skepsis aus, als Albert ihr erzählte, dass er wieder im Hasenland gewesen war. Und Zauberei? Nein.

„Zauberei gibt es nicht!" sagte sie. Ich las ihr die zweite Geschichte von Albert zu Hause vor – bei einem Glas Chai.

Alberts 2. Geschichte

Albert saß einmal an seinem Wohnzimmerfenster und ließ sich die Sonne auf die Nase scheinen. Das angenehme Prickeln, das die Wärme und aufsteigende Staubkörnchen in seiner Nase hinterließen, verstärkte sich nach einiger Zeit immer wieder so sehr, dass er niesen musste. Manchmal döste Albert stundenlang so vor sich hin, die Nase gen Süden gerichtet. Wat hatte ihn deshalb einmal einen Genüssling geschimpft. Aber schließlich konnte ja nicht jeder so ein Bücherwurm sein wie Wat. Albert hockte lieber an seinem Fenster in der Sonne und lauschte seinen Kakteen. Er war nämlich der festen Überzeugung, dass seine Kakteen auf dem Fensterbrett brummten, und zwar umso tiefer, je dicker sie waren. Da war zum Beispiel links ein kleiner, weißhaariger Kaktus, den Albert Einstein getauft hatte. Einstein summte gelegentlich so genussvoll wie Alberts Tante Hilda kurz vor dem Essen. Neben Einstein, ein klein wenig weiter rechts, thronten Caruso, Enrico, Knoll und schließlich Schmerbauch, ein besonders rundlicher und großer Kaktus, der ab und zu brummte wie ein dicker Dampfer bei der Einfahrt in den Hafen.

Alberts größter Wunsch war es, einmal übers Meer nach Mexiko zu fahren, wo es, wie Wat erzählt hatte, besonders große und dicke Kakteen gab. Manche seien dort fast so hoch wie ein Haus, hatte Wat behauptet. Außerdem würde dort fast das ganze Jahr hindurch die Sonne scheinen. "Ach ja!" seufzte Albert und blickte sehnsuchtsvoll auf seine stacheligen Lieblinge am Fenster.

Albert wollte gerade die Scheibe mit seinem Taschentuch von den vielen kleinen geniesten Tröpfchen befreien, als es klopfte. 'Nanu! Wat wollte doch erst abends vorbeiwatscheln', dachte Albert und schlich auf Zehenspitzen zur Tür. "Hoffentlich ist es nicht Brigitte!" hörte er Einstein brummeln. Als er durchs Schlüsselloch guckte, um zu sehen, wer da sei, war es ganz dunkel draußen. Albert wurde sogleich ganz müde und reckte und dehnte sich, dass es eine wahre Freude war. Er wollte gerade seinen Wecker stellen, als er plötzlich bemerkte, dass es am Fenster ja noch ganz

---

5 Bild von Agnes Sautter-Wellnhofer

hell war. 'Das ist aber ulkig!' dachte er. 'Auf der Fensterseite ist es noch Tag…'. Dann fiel ihm ein, dass es ja auch geklopft hatte, und er spähte noch einmal durch das Schlüsselloch. Da wurde unvermittelt die Tür aufgestoßen und Alberts Nase wie eine Ziehharmonika zusammengeschoben.

"Au! Oh! Meine Nase!" jammerte er.

"Oh, das tut mir aber leid, Albertilein, das wollte ich nicht!" flötete Brigitte, das Nilpferd. "Lass mal sehen!" Sie nahm Alberts Kopf zwischen ihre feisten Hände. Dann drückte sie Albert sozusagen zur Entschuldigung einen herzhaften Kuss auf die Nase, dass er meinte, er müsse nun auch noch ertrinken. Auf den Schrecken hin wollte er sich erst einmal in seinen Sessel setzen, aber da hatte es sich schon Brigitte gemütlich gemacht. So blieb ihm denn nichts anderes übrig, als sich auf seinen alten, etwas wackeligen Küchenhocker zu setzen. Und dann hob Brigitte auch schon an zu reden.

"Stell dir vor, Albert, gestern erzählte mir Guru, dass sie in einem früheren Leben ein Hirsch gewesen sei und noch heute manchmal die Last des Geweihs auf ihrem Kopf spüre."

Man sollte vielleicht dazu sagen, dass Guru eine reichlich verschrobene alte Eule war, die sich ihre Hütte im tiefsten Wald gebaut hatte, um sich ganz der Ruhe in ihrem Kopf, wie sie es zu nennen pflegte, widmen zu können. Und diese beiden nun, Guru und Brigitte, waren felsenfest davon überzeugt, dass sie früher schon einmal in anderer Form gelebt hätten, bevor sie als Eule beziehungsweise als Nilpferd auf die Welt gekommen waren. Brigitte meinte allen Ernstes, dass sie in einem früheren Leben einmal ein Schmetterling gewesen sei. So sah man sie manchmal auf einem Bein durch die Gegend hüpfen - was der Gegend im übrigen nicht sonderlich bekam - in dem Bemühen, in die Luft abzuheben.

Einmal hatte sie versucht, von einem Baum herab zu fliegen. Seit der Zeit klaffte an jener Stelle im Wald ein zwei Meter tiefes Loch. --

"Was meinst denn du dazu, Albert?" fragte Brigitte.

Albert, der gar nicht genau wusste, wozu er etwas meinen sollte, verfiel auf die seiner Meinung nach glänzende Idee, seine Kakteen zu befragen. "Warte mal!" erwiderte er. "Ich werde Einstein fragen."

"Einstein?" rief Brigitte erstaunt und warf ihren dicken Kopf hin und her. Aber nirgends konnte sie außer Albert und sich selbst jemand sehen. "Wo ist denn Einstein?" wollte sie wissen.

"Psst!" ermahnte sie Albert und flüsterte: "Ich rede doch gerade mit ihm."

Brigittes Augen wurden immer größer und runder. "Meine Güte! Albert hat Kontakt zum Jenseits!" raunte sie dann. "Wer hätte das gedacht!"

"Unsinn!" rief Albert. "Einstein ist doch mein kleiner, weißhaariger Kaktus dort auf dem Fenstersims."

"Ach!" gluckste Brigitte, und ihr Mund öffnete sich weit. Sie schaute zum Kaktus, dann zu Albert und wieder zurück. Dann meinte sie mit leicht bebender Stimme: "Entschuldige bitte, Albert, aber ich glaube, ich muss noch etwas einkaufen, und die Läden schließen doch bald. Also, tschüs, Albertilein! Und reg' dich um Gottes Willen nicht auf!" Und draußen war sie.

Albert aber verstand gar nichts mehr. Er konnte sich nicht erinnern, dass sie jemals so wenig in seiner Gegenwart geredet hatte. Und dabei hatte er doch früher schon alles Mögliche versucht, sie in ihrem Redefluss zu bremsen. Und nun das. 'Sehr merkwürdig, diese Brigitte!' dachte Albert. „Gut gemacht!" hörte er Caruso brummeln.

Dann setzte er sich wieder an sein sonniges Fenster zurück. Dort lauschte er, die Nase gen Süden gereckt, noch den ganzen restlichen Tag seinen brummenden und brummelnden Kakteen.

Gemeinsame Unternehmungen

Auf dem Rechenberg

In den Osterferien zeigte ich ihnen den Weg auf den Rechenberg.

Ich hatte die Familie zu Wanderung und anschließendem Kaffee, Tee und Kuchen eingeladen. Meine Frau und ich holten sie zur Wanderung an der Schule ab. Mama und die kleinere Schwester Julia waren allerdings nicht dabei (vielleicht wäre die Wanderung für die Dreijährige auch zu anstrengend gewesen). Wir gingen dann den Ostheimer Weg hoch in den Wald und pflückten dort den ersten Bärlauch. Teilweise verkosteten wir ihn auch gleich an Ort und Stelle. Anschließend ging es weiter hoch zum Rechenberg. Da ging Valerija schon ein bisschen die Luft aus. Oben angekommen, erkannte sie, dass sie dort schon einmal mit ihrer Klasse war (das musste wohl im November gewesen sein). Wir warfen dann den mitgenommenen Bumerang - allerdings mit mäßigem Erfolg, was die Rückkehr zum Werfer anging. Ich hatte noch drei kleine Bälle dabei. Papa, Valerija und ich warfen uns einen im Rundlauf zu. Dann brachte ich mitten drin einen zweiten ins Spiel. Das machte es turbulenter und lustiger - bis ich nicht mehr konnte und fast mit einem Aussichtsstein kollidiert wäre. Wir setzten uns dann zusammen auf die Bank unter dem schönen alten Baum und machten Brotzeit - mit Brezeln natürlich.

Später gingen wir den Weg Nummer 7 durch den Wald zurück. Ich zeigte immer wieder auf die Hinweisschilder mit der Nummer, dass sie sich den Weg einprägen konnten.

Anschließend steuerten wir unseren Garten an (das Wetter war schön) und tranken draußen Kaffee und Tee. Ich hatte Kuchen gekauft, aber der war schwer (mit ziemlich viel Sahne). Valerija wechselte später wieder zu Brezeln. Kurz nach 16 Uhr brachen wir dann zum grünen Haus an der Schule auf. Ich begleitete die beiden noch nach Hause.

Kirschernte

Ende Juni lud ich die Familie zu mir nach Hause zur Kirschernte ein. Valerijas Mama war in Würzburg, aber Papa mit Julia und Valerija kamen mit. Zwar waren noch nicht allzu viele Kirschen reif, aber das war nicht so wichtig. Die Kinder tollten im Garten herum, während ich mit Papa Kirschen vom Baum holte. Anschließend kochte ich Spaghetti mit Tomatensauce und wir ließen es uns schmecken. Für Aufregung sorgte nur Mini-Mami[6], die älteste unserer Katzen. Sie wollte ständig zu Julia und die kreischte immer vor Angst und versteckte sich hinter ihrem Papa. Aber nachdem ich den Kachelofen in Betrieb gesetzt hatte – zum Abend hin wurde es doch frisch -, fand es die Katze am Ofen gemütlicher und wir hatten unsere Ruhe. Gegen 18:30 Uhr brachte ich die Familie dann heim. Genau zu dem Zeitpunkt kam auch Mama mit dem Bus aus Würzburg zurück. Wir trafen sie vor der Haustür.

Im Zoo

Anfang August fuhren wir in den Nürnberger Zoo, Valerijas Mama, Valerija, Julia, die Freundin Sayana und ich.

Die Anfahrt nach Treuchtlingen dauerte zwar, was reine Fahrtzeit anging, nur 20 Minuten, allerdings mussten wir unterwegs anhalten, weil es Julia schlecht wurde (Mama hatte sicherheitshalber schon eine Tüte mitgenommen, in der sich die Kleine dann auch anschließend, nach Fortsetzung der Fahrt erbrach).

Die Fahrt im Zug lief dann aber sehr entspannt. Mama hatte ihre Mobicard dabei, mit der 2 Erwachsene und 3 Kinder fahren durften, sodass uns Zug-

---

[6] Sie hatte früher einen Sohn namens Mini. Der starb frühzeitig. Seit der Zeit hieß die Mutterkatze Mini-Mami

und später auch Tramfahrt nichts kosteten. Entgegen meinen Befürchtungen machten Valerija und Sayana nicht den Zug unsicher, sondern blieben auf ihren Plätzen und spielten u.a. „Stein-Schere-Papier". Die Zugfahrt dauerte 52 Minuten.

Der Anschluss an die Tram in Nürnberg war problemlos, sie brachte uns dann in 15 Minuten zum Zoo.

Ich hatte einen Familien-Gutschein über das Internet besorgt und es zeigte sich, dass der für uns 5 reichte (die Frau an der Kasse ließ mich als Opa mitlaufen). Am Eingang konnte man dann für 4 Euro einen Bollerwagen mieten, wovon ich Gebrauch machte, da wir damit Gepäck und Julia über die (gut dafür geeigneten) Wege fahren konnten. Ich hatte geplant, dass wir zur 11-Uhr-Fütterung im Delfinarium wären, was wir aber nicht schafften, vor allem weil es zwischendurch halt auch schon viel zu sehen gab, u.a. eine tropische Halle mit Schmetterlingen, Amazonasfischen und 2 großen Seekühen. Später sollte sich zeigen, dass das Verpassen der Fütterung ein Glücksfall war.

Die Hitze an diesem Tag war mörderisch und wir brauchten viel zu trinken. Mama hatte eine Flasche Mineralwasser dabei und ich hatte auch 7 kleine Säfte und 1 Liter Mineralwasser dabei - und natürlich Brezeln (die gingen auch bis zur Mittagszeit weg). Später mussten wir dann trotzdem noch einige Liter Limonade und Mineralwasser nachkaufen. Gut war, dass ich eine Sprühflasche mit Wasser (wie man sie etwa zum Bügeln oder Töpfern verwendet) mitgenommen hatte. Wir sprühten alle kräftig damit herum, um uns Kühlung zu verschaffen – genauer gesagt den jeweils anderen.

Unsere erste wirkliche Station war der Spielplatz am anderen Ende des Zoos. Dorthin konnte man auch mit einer kleinen Bahn fahren. Mama nutzte das später in umgekehrter Richtung (weil die Kinder unbedingt mit der Bahn fahren wollten) und kam dann mit ihnen von einer Zwischenstation zurück zum Spielplatz. Dort entdeckten jetzt die Kinder ungeahnte Möglichkeiten: 5 ebenerdige Trampolins zum Hüpfen (das wurde Julias Domäne, wobei sie immer empört war, wenn ein anderes

Kind auf "ihrem" Trampolin mit hüpfen wollte), ein riesiges Klettergerüst mit einer großen röhrenförmigen Rutsche (Sayanas Lieblingsobjekt[7]) und eine Seilbahn (Valerijas Lieblingsgerät). Zwischendurch wollte auch Julia auf das Klettergerüst und ich musste einen Teil mit ihr begehen (u.a. über mehrere Seilnetze und eine Hängebrücke). Von dem Spielplatz waren sie jetzt kaum mehr wegzukriegen, auch nicht mit der Aussicht auf einen Streichelzoo in der Nähe.

Wir schafften wir es schließlich gegen 13:45 Uhr, unseren Weg fortzusetzen (ich hatte mit Valerijas Mama besprochen, dass wir versuchen wollten, um 14:15 Uhr die Eisbärfütterung anzusehen und dann um 15:30 Uhr die Delfinfütterung). Eigentlich wollten wir uns die 14-Uhr-Fütterung der Delfine ansehen, aber das war nicht mehr zu schaffen.

Wir waren kurz im Streichelzoo (ich hatte etwas Futter am Automaten gekauft, sodass die Kinder die Ziegen füttern konnten) und kamen dann tatsächlich (Julia im Bollerwagen hinauf auf den Hügel) rechtzeitig zur Eisbärfütterung. Anschließend machten wir uns auf den Weg hinunter zum Delfinarium vorbei an Robben, Antilopen, Schneeleoparden. Als wir auf einen Abstecher zu einer großen Trampolinanlage verzichteten, platzte Julia der Kragen und sie wurde wütend und weinte. Nichts half, es war wohl auch einfach der Tribut an die Hitze und mangelnder Mittagsschlaf. Als wir die dunkle Halle mit den großen Aquarien neben dem Delfinarium erreichten (endlich Schatten), hatte sich Julia wieder etwas beruhigt und alle Kinder standen vor den großen Scheiben. Dann geschah etwas Erstaunliches.

---

[7] Wie ich später von Valerija erfuhr, war die Anziehung eher angstbedingt. Sayana hatte richtig Angst, durch die lange Röhre zu rutschen. Trotzdem zogen sie Klettergerüst und Rutschbahn magisch an. Sie schaffte es dann doch, zweimal zu rutschen. Die meiste Zeit aber kletterte sie und beobachtete die anderen Kinder beim Eintritt in die Rutschbahn.

Auf einmal sah ich Valerija ein anderes, etwa gleichaltriges Mädchen umarmen und lange Zeit - Wange an Wange - an sich drücken. Und Julia war in den Armen einer fremden Frau und Mama mit ihr. Die fremde Frau entpuppte sich als Nachbarin der Familie in ihrem ehemaligen Heimatort in der Ukraine. Später erzählte mir die Frau, dass sie Valerijas Mutter schon über 8 Jahre kannte - also etwa seit Valerijas Geburt - und dass sie jetzt mit ihrer Familie in Fürth wohnte. Tja, wenn wir früher im Delfinarium gewesen wären oder wenn die Nachbarin nicht gerade auch an diesem Tag einen Besuch im Zoo gemacht hätte, wir hätten uns nicht getroffen. So aber gingen alle zusammen nach oben in die Delfinlagune, um sich die Fütterung anzusehen. Wir quetschten uns auf die Bänke ganz nahe am Becken und waren den springenden Delfinen dann richtig nahe. Das Schauspiel war wirklich grandios. Wie die Delfine auf Zeichen ihrer Trainer hin abtauchten, um dann direkt vor uns aus dem Wasser zu schießen, vielleicht auch noch ein paar Drehungen zu machen und dann ins Wasser einzutauchen oder mit einem Salto richtiggehend hinein zu platschen, das es nur so spritzte. Es war eine fast verträumte Stimmung an diesem Spätnachmittag im Zoo.

Wir fuhren dann – nach einem Eis - noch bis zum Hauptbahnhof gemeinsam in der Tram. Julia saß auf dem Schoß der Nachbarin und schien ganz selig zu sein. Im Untergeschoß zur U-Bahn verabschiedeten sich die beiden Familien. Der Zuganschluss war problemlos, da in der Zeit praktisch jede halbe Stunde ein Nahverkehrszug nach Treuchtlingen fuhr. Auf der Rückfahrt spielten wir dann Karten. Ich erklärte ihnen 17 und 4. Aber Sayana war von dieser Mathe-Übung nicht so begeistert (man musste ja ständig Kartenwerte addieren, um zu entscheiden, ob man noch eine Karte nahm oder nicht; wenn die Kartenwerte über 21 lagen, hatte man verloren) und wir spielten dann ab Schwabach noch ein Spiel von ihr, dessen Regeln ich aber nicht wirklich verstand. Ich ließ das auch Albert, den ich im Rucksack mitgenommen hatte, ausdrücken. Als die kleine Julia aber Albert erblickte, wollte sie unbedingt ihn und später auch Brigitte (die zweite Handpuppe) haben. Sie spielte dann während der gesamten Zugfahrt mit beiden Puppen.

Die Rückfahrt im Auto verlief ohne Schwierigkeiten und um 18:15 Uhr lieferte ich alle wieder zu Hause ab.

Am Hahnenkammsee

Ende August machten wir eine Tour zum Hahnenkammsee bei Hechlingen. Dabei waren Valerijas Papa, ihre Oma väterlicherseits, Valerija, Julia und ich.

Die Anfahrt zum See dauerte nur 10 Minuten. Wir fuhren mit dem Auto um 14 Uhr vom Asylbewerber-Wohnheim in Heidenheim weg zum Hahnenkammsee bei Hechlingen. Da der Parkplatz ziemlich überfüllt war, ließ ich die Familie in der Nähe des Kiosk aussteigen und suchte dann einen Parkplatz etwas abseits am Eingangsbereich. In der Zwischenzeit hatte die Familie ein schattiges Plätzchen direkt bei dem kleinen Spielplatz gefunden, die Decke ausgebreitet und Proviant und Spielsachen (u.a. hatte ich Frisbee, Federball und Boulespiel mitgenommen) platziert. Oma hatte auch eine Tasche voll Essen und Mineralwasser dabei. Das Wetter war ja tropisch, aber wir machten das Beste daraus.

Wir unternahmen zunächst eine einstündige Tour mit dem Tretboot. Oma blieb auf der Decke im Schatten und winkte uns zu. Auf dem See war kein Schatten, sodass wir uns ab und zu etwas mit Seewasser erfrischten. Ich nutzte dazu meinen Strohhut, den ich kurzerhand zum "Wasserhut" machte. Nach einer guten halben Stunde wurde es der kleinen Julia zu viel - auch den Wasserhut wollte sie nicht mehr aufsetzen - und sie und Papa stiegen aus und blieben erst mal auf dem Anlegesteg. Gleich in der Nähe dieses Stegs waren zwei Wasserfontänen, ca. 5 Meter voneinander entfernt. Das nieder gehende Wasser bildete zwischen den beiden Fontänen einen Regenbogen, den Valerija bestaunte. Wir fuhren dann mitten durch den Regenbogen, zwischen den beiden Fontänen hindurch und wiederholten das noch zweimal. Das war erfrischend, wie ein ganz kurzer Sommerregen. Als Julia das sah, wollte sie unbedingt wieder einsteigen. Wir lasen Papa und sie am Steg auf und fuhren dann noch zweimal zusammen hindurch. Nach fast einer Stunde Seefahrt legten wir wieder am Steg an und verließen das Boot.

Julia wollte jetzt unbedingt noch mit einem großen grünen Tretboot fahren. Papa erklärte ihr (vermutlich auf Russisch), dass das nicht ginge. Da fing Julia an zu weinen und zu zetern. Papa nahm sie auf den Arm und wir gingen zusammen zurück zu unserem Schattenplatz. Wir machten dort zunächst einmal Brotzeit und Julia beruhigte sich nach und nach wieder.

Anschließend beschäftigten wir uns mit verschiedenen Spielen. Ich hatte einen aufblasbaren Ball dabei. Den nahm sich Julia. Papa, Valerija und ich spielten längere Zeit mit der Frisbee-Scheibe. Valerija hatte die Wurftechnik schnell gelernt. Später spielten wir Boule. Das machte Valerija aber nicht so viel Spaß, sodass sie lieber zu einem seichten Nichtschwimmer-Bereich am See ging, darin herum watete und kleine Fische beobachtete. Das konnte sie lange Zeit machen, ohne sich zu langweilen. Papa und ich spielten derweil alleine Boule. Ein Match verlor ich gegen ihn, eines gewann ich. Zufällig traf dann auch der Nachbar aus dem Asylbewerber-Wohnheim mit seinem kleinen Sohn am See ein, sodass Julia einen Spielkameraden fand, der allerdings etwas wild war und immer wieder Fußball spielte - mit ihrem Ball.

Nach einer nochmaligen Brotzeit spielte ich mit Valerija noch Federball. Gegen 18:30 Uhr brachen wir dann auf. Valerija begleitete mich zurück zum Auto. Auf dem Weg mussten wir einen kleinen Umweg um eine Schwanenmutter und ihr Junges machen. Ich erklärte Valerija, warum es besser wäre, den Schwänen nicht zu nahe zu kommen. Wir fuhren dann zum Parkplatz zurück und lasen den Rest der Familie auf. Kurz vor 19 Uhr waren wir wieder alle zurück an der Schule in Heidenheim. Die Familie wollte mich dann noch auf einen Tee einladen, aber ich fuhr lieber nach

Hause. Ich war doch ziemlich geschafft. Soviel hatte ich mich lange nicht mehr bewegt. Ich hatte einige Tage lang einen ordentlichen Muskelkater.

Drachenbasteln

Mitte Oktober bastelten wir Flugdrachen in einem Werkraum der Schule. Eingeladen dazu hatten ein Deutschnachhilfepate mit Hamburger Wurzeln und ich. Wir hatten 6 Kinder zum Mitmachen angesprochen. Natürlich waren Valerija und Sayana mit dabei, aber auch der berüchtigte Eduard, der Nachhilfeschüler des Hanseaten. Tatsächlich kamen dann vier von unserer Einladungsliste und drei andere Asylbewerberkinder, die zufällig in der Nähe waren. Wir hatten glücklicherweise ausreichend Brezeln, Säfte und Obst dabei. Mein Kollege begann, mit Eduard einen großen Drachen zu basteln. Ich hatte Gerüste für vier kleinere Drachen vorbereitet. Die Kinder waren wie ein Sack voll Flöhe. Nur gut, dass eine Tafel im Raum war. An der schrieben und zeichneten sie und gerierten sich teilweise als Lehrer beziehungsweise Lehrerin. In der Zeit konnten wir zwei der Kinder mit Arbeiten an ihren Drachen beschäftigen. Aber ständig brauchten weitere Kinder Hilfestellung. Mir wurde klar, was die Lehrer und Lehrerinnen leisteten – jeden Tag. Und Eduard wäre nicht Eduard gewesen, hätte er nicht angefangen, mit Muhammed, dem Bruder von Sayana, um die Tische zu laufen und Fangen zu spielen. Wir schafften es schließlich, 6 Drachen zu basteln. Allerdings gab es – obwohl Oktober – viel zu wenig Wind, um die Drachen steigen zu lassen. Die Kinder nahmen daher ihre Drachen mit nach Hause und hofften auf besseren Wind ein paar Tage später. Es sollte mehrere Wochen dauern. Ich kam mir an dem Tag vor wie Charly Chaplin im Film ‚Moderne Zeiten', als er am Fließband mit einem Schraubenschlüssel ständig Schrauben anziehen musste und dann überall nur noch Schrauben sah, auch am Kleid der Fabrikantengattin, die er dann mit seinem großen Schraubenschlüssel verfolgte.

Eisbahn Gunzenhausen

Im Dezember fuhren wir zur Eisbahn in Gunzenhausen. Valerija hatte von ihren Eltern Schlittschuhe bekommen und dort konnte sie trotz mäßiger Kälte in diesem Winter Schlittschuh laufen. Ihre Mama war mitgefahren und wir standen an der Wandung der Eisbahn, während Valerija uns ihre Kunststücke zeigte. Mama begann zu frieren und sagte, sie würde kurz in die Drogerie nebenan gehen. Tatsächlich blieb sie dort dann etwas länger und Valerija wurde unruhig. Immer wieder fuhr sie an die Begrenzungswand und blickte hinüber zur Drogerie. Ich dachte zunächst, sie würde sich einen Spaß machen, aber dann sah ich die Angst in ihren Augen. Mir wurde klar, dass das kleine Mädchen richtig Angst hatte, ihre Mama zu verlieren. Später als Mama wieder zurückkam, fuhr sie zu uns heran. Ich hatte ein paar Bananen dabei und fragte sie, ob sie eine wollte. Sie bejahte das, sie hatte Hunger. Alles schien wieder vergessen.

Als ich ihr später diese Geschichte von der Eisbahn vorlas, sagte sie, sie hätte keine Angst gehabt. Konnte ich mich so getäuscht haben? Ich las ihr daran anschließend Alberts dritte Geschichte vor – bei einem Glas Chai.

Alberts 3.Geschichte

Albert befand sich auf dem Weg zu Guru, der alten Eule. Er hatte eigentlich gar keine rechte Lust, sie zu besuchen, aber Wat hatte gemeint, man sollte einmal nach dem Rechten sehen. Es war immerhin schon ein paar Tage her, dass sie zuletzt von Guru gehört hatten. So hatten sie verabredet, sich am Nachmittag bei ihr zu treffen und vielleicht eine Tasse Fünf-Uhr-Tee zu trinken.

Der Weg führte Albert immer tiefer in den Wald, an dem Haus der Kröte Hilbert vorbei, wo die Papierblätter inzwischen schon durch einen Türspalt quollen, bis er schließlich vor Gurus Hütte stand. Er wollte gerade klopfen, als er bemerkte, dass an der Tür ein Zettel hing. Darauf stand gekritzelt:

"Bitte nicht stören! Ich mäditiere. Hare Rama!"

"Auch das noch!" stöhnte Albert. Er beschloss, sich einstweilen auf die alte Hausbank zu setzen und zu warten, bis sich Guru genügend der Ruhe in ihrem Kopf gewidmet hatte. Das hätte er besser nicht getan. Denn plötzlich krachte es unter ihm, das Holz splitterte und die Bank brach zusammen ... und Albert mit ihr. Er landete recht unsanft auf der Erde. "Au! Mist, verdammter!" fluchte er und rieb sich sein schmerzendes Hinterteil. Dann stieß er vor Zorn mit dem Fuß gegen die ehemalige Holzbank und stellte dabei fest, dass sie keineswegs überall morsch war. Seinen Fuß mit beiden Händen umklammert, hüpfte er jammernd, auf einem Bein durch die Gegend.

Da ging die Tür auf und Guru erschien in einem schwarzen Samtumhang.

"Was ist denn hier für ein Lärm?" rief sie. Dann sah sie Albert herum hopsen. "Ach du bist es, Albert! - Warum tanzt du denn so komisch herum?"

Nachdem Albert ihr erklärt hatte, was passiert war, entschied sie, erst einmal in das Haus zu gehen und eine Salbe auf den Fuß zu streichen. Das würde den Schmerz lindern, meinte sie.

Nachdem Alberts Bein versorgt war, lud Guru ihn zu einem autohypnotischen Training - wie sie es nannte - ein. "Schau dir meinen Tisch an, Albert! Schau ihn dir gut an!" beschwor sie ihn. Albert wurde es ganz unheimlich. "Er beginnt zu wachsen!" fuhr sie fort. "Er wird größer und größer! Blas ihn richtig auf, Albert! Blas ihn auf!"

Albert steckte seinen Zeigefinger in den Mund, aber das brachte auch nicht die erhoffte Erkenntnis. So kroch er unter den Tisch und begann, ihn zu untersuchen.

"Wonach suchst du denn da unten, Albert?" fragte Guru und bückte sich.

"Ich suche den Stöpsel - zum Aufblasen!" entgegnete Albert.

Guru griff sich an den Kopf. "Ach du lieber Krischna!" stöhnte sie. - "Der Stöpsel ist doch in dir, Albert!" belehrte sie ihn.

"In mir?" schluckte Albert.

"Ja, in dir!" bestätigte Guru. "Du musst ihn nur finden!" Dann konzentrierte sie sich wieder auf den Tisch. "Er beginnt zu wachsen!" raunte sie. "Er wird größer und größer und immer größer!"

Albert konnte an dem Tisch keinerlei Veränderungen feststellen. Aber Gurus Augen wurden immer größer. Er rätselte im folgenden, wo in seinem Körper dieser Stöpsel sein mochte. Ob er Wat einmal fragen sollte?

"Oh, heiliger Rama! Er wird immer größer! Er wächst und wächst. Heiliger Krischna! Er erdrückt mich!" stammelte Guru auf einmal.

Albert konnte zwar noch immer keinerlei Veränderungen an dem Tisch wahrnehmen, aber er durfte Guru natürlich nicht einfach ihrem Schicksal überlassen. Nur, wie sollte er helfen? Dann kam ihm eine Idee. Er würde eine Nadel suchen und mit dieser dann in den Tisch stechen, damit die

Luft daraus entwiche. Als er so in den Schubladen kramte und Guru immer mehr jammerte, schwang plötzlich die Tür auf, und Brigitte und Wat traten ins Zimmer. Beim Anblick von Brigitte erwachte Guru sofort aus ihrem autohypnotischen Dingsbums. Erschöpft ließ sie sich in ihren Großmuttersessel plumpsen.

"Heiliger Krischna! Das war ja ein Ding!" keuchte sie noch sichtlich benommen.

Brigitte witterte Neuigkeiten. Ihre Augen weiteten sich. "Was denn für ein Ding?" fragte sie und reckte den Kopf ganz weit vor.

Guru erzählte ihr, was sich zugetragen hatte, wie sie beinahe von ihrem eigenen Tisch erdrückt worden wäre. Brigittes Mund öffnete sich weit, Speichel tropfte daraus.

'Anscheinend missversteht sie das, was Guru erzählt', dachte Albert.

Nachdem Brigitte im Bilde war, beschlossen sie, erst einmal Tee zu kochen. Wat hatte ein paar Krapfen gekauft, die allerdings Brigitte schon gekostet hatte. Es versteht sich von selbst, dass dabei keiner mehr übrig geblieben war. Glücklicherweise hatte Guru noch etwas Brot und Butter daheim.

So saßen sie um den Tisch bei einer Tasse Tee und einigen Butterbroten. Guru hatte zur Feier des Tages eine Kerze angezündet, und überall glommen nach Rosen und Kartoffeln duftende Räucherstäbchen. Das brachte Albert immer fast um. Der Rauch hing in dicken Schwaden im Zimmer und kitzelte ihn fortwährend in der Nase. Die anderen allerdings schien das überhaupt nicht zu stören. Sie ratschten und lachten und waren bester Stimmung.

Brigitte hatte gerade das fünfte Butterbrot verdrückt, als ihr etwas einfiel:

"Stellt euch vor!" sagte sie und schlug dabei die Hände zusammen, dass Albert vom Luftzug beinahe aus dem Fenster geweht wurde. "Ich saß gestern auf meinem Sofa über einem Buch …"

"Das arme Buch!" warf Albert ein.

"Affe!" schnaubte Brigitte. "Also, ich las gerade ein Buch, als mich ein fürchterlicher Hunger befiel."

"Du hast wohl ein Kochbuch gelesen", flachste Albert.

"Ach Quark!" schnaubte Brigitte. "Also, ich bekomme einen schrecklichen Hunger und mache mir ein Butterbrot. Ich streiche mir ein zweites, dann noch eins und noch eins, und als ich dann etwa das achte Brot verdrücke, ist mir, als würde es anfangen zu wachsen. 'Das wäre zu schön!', dachte ich, aber es wurde tatsächlich immer größer.

Und ich aß und aß, aber das Brot wuchs und wuchs. Und je mehr ich abbiss, desto größer wurde es. Als das Brot schon das ganze Sofa ausfüllte, wurde mir mit einem Mal furchtbar schlecht und ich musste mich übergeben. Und als ich dann wieder auf die Coach blicke, ist das Brot weg!"

"Nein, so was!" hauchte Guru mitfühlend.

"Ja, und das Schlimme ist, dass mir dies nun bereits zum dritten Mal passiert. Ich weiß einfach nicht, was ich machen soll. Schließlich muss ich doch ab und zu etwas essen!" schluchzte Brigitte und fing an zu heulen. Das konnte Guru nicht mit ansehen. Sie umarmte Brigitte und vergoss einen wahren Strom von Tränen. Wat schloss sich schließlich ebenfalls an.

'Was ist denn los?' dachte Albert. 'Ist heute Weihnachten?'

Nachdem sich die drei wieder beruhigt hatten, beschlossen Guru und Wat zu überlegen, wie Brigitte zu helfen sei. Lange Zeit saßen sie da und grübelten. Guru beschwor ab und zu ihren Krischna. Aber die göttliche Erleuchtung blieb aus.

"Ich hab's!" schrie da unvermittelt Wat.

Albert wäre fast vom Stuhl gepurzelt, so sehr erschrak er.

"Kannst du nicht vorher Bescheid sagen, wenn du schreien musst!" grollte er.

Wat ließ sich nicht beirren. "Weißt du, was du tust, Brigitte, wenn dein Brot wieder einmal zu wachsen beginnt? Du stellst dich vor einen großen Spiegel!"

"Vor einen Spiegel? Wieso das denn?" fragte Brigitte.

"Ja, wieso denn vor einen Spiegel?" wollte auch Guru wissen.

Albert kratzte sich heftig am Hinterkopf, um die Durchblutung im Gehirn anzuregen. Aber auch er konnte sich nicht erklären, was Wat meinte.

"Das ist doch ganz einfach!" entgegnete Wat. "Wenn das Brot sieht, dass es ja nur von einem Mund zum anderen wächst, wird es Angst bekommen und aufhören zu wachsen!"

Brigittes Kinnlade war heruntergefallen.

"Heiliger Krischna! Was für eine Idee!" lobte Guru.

Wat genoss die allgemeine Anerkennung. Ihre Brust schwoll zusehends an. Brigitte war so begeistert, dass sie Wat einen Kuss aufs Ohr gab. Noch Tage später sah man Wat benommen durch die Gegend taumeln.

Später erfuhr Albert noch, dass Brigitte, seit sie immer vor dem Spiegel aß, tatsächlich so viel hinunterschlingen konnte, wie sie wollte. Kein Brot hatte es je wieder gewagt, zu wachsen.

Das Begegnungsfest

Für Mitte November bereiteten wir (das Projektteam) ein Fest vor, an dem alle Asylbewerberfamilien von Kindern, die Deutschnachhilfe erhielten und alle Nachhilfepaten samt Anhang teilnehmen könnten. Mit von der Partie sollte auch die Bürgermeisterin von Heidenheim sein, die Dekanin, unsere Dolmetscherin und natürlich unsere Projektleiterin mit Familie.

Prinzipielle Idee war, die Kinder in den Mittelpunkt zu stellen und über sie auch die Erwachsenen zur Teilnahme zu gewinnen.

Das Programm sah vor:

- gedeckte und mit Dekoration versehene Tische
- ein Buffet (mit Gebäck, Tee, Kaffee, Brezeln, Obst, kalten Getränken)
- zwei Kuschelecken für die ganz Kleinen
- diverse Spielsachen, die die Nachhilfepaten bereitstellten
- eine Zusammenstellung von Musikstücken aus den Heimatländern der Flüchtlinge
- zwei Sketche (das war Valerijas und meine Aufgabe)
- Spiele mit den Kindern (z.B. Rätsel und Obstkorb-Spiel)
- und einen kleinen Basar (mit bereitgestellten Gegenständen von Nachhilfepaten und dem, was sich im Dekanat alles angesammelt hatte an Spielsachen, Kleidung etc.)

Unsere Dolmetscherin Valentina übernahm die Zusammenstellung der Musikstücke aus der Heimat der Asylbewerber. Alle Vorbereitungen wurden mittels Checkliste überwacht.

Ich schrieb Drehbücher zu zwei Sketchen. Der erste nannte sich „Verständigungsprobleme" und sollte die Sprachprobleme thematisieren, der zweite war ein gespielter Witz und hieß „Der Pinguin". Die Sketche und einzelne Szenen bzw. Pausen sollten durch ein Krokodil angekündigt werden. Dieses sollte Valerijas Freundin Sayana spielen. Ich kaufte ihr dafür ein passendes Kostüm. Außerdem bastelte ich Schilder mit entsprechenden Aufschriften. So etwa eines mit „*1.Sketch*" und auf der Rückseite „*Verständigungsprobleme*". Mit dem Schild sollte Sayana den ersten Sketch ankündigen und wie folgt verfahren: zunächst mit der Seite „*1.Sketch*" die Bühne überqueren und auf dem Rückweg die andere Seite des Schildes zeigen.

Im ersten Sketch sollte Valerija auf einem Stuhl auf der Bühne sitzen und missmutig vor sich hin stieren. Ich würde sie besuchen und überschwänglich begrüßen. Aber sie bliebe missmutig[8]. So rätselte ich, was los war. Dann, den Finger nach oben, sollte ich dem Publikum zuraunen: „Vielleicht hat sie Kopfschmerzen!". Daraufhin würde ich auf sie zu gehen und fragen: Hast du vielleicht …?" Und in der Annahme, dass sie das Wort ‚Kopfschmerzen' sicher noch nicht kannte, würde ich meinen Kopf mit beiden Händen fassen, mich krümmen und anfangen, fürchterlich zu jammern. Um dann mitten drin einzuhalten, sie noch einmal fragend anzuschauen und zu fragen: „Hast du …" und noch einmal kurz zu jammern, den Kopf zwischen den Händen. Da sie aber nach wie vor missmutig auf ihrem Stuhl säße, sollte ich den Kopf schütteln, mich wieder aufrichten, die Achseln zucken und ratlos drein blicken. Dann würde ich das Ganze mit Bauchweh und Rückenschmerzen wiederholen. Bei Letzteren begäbe ich mich jammernd in die Nähe der vorbereiteten Polsterfläche auf der Bühne und blickte dann fragend zu ihr. In dem Augenblick sollte sie aufstehen und in klarem Deutsch fragen: „Was ist mit Ihnen? Geht es Ihnen nicht gut?" Daraufhin sollte ich mich augenblicklich strecken und verblüfft nach oben schauen. Dann mich ans Herz fassen und umfallen – auf die Polsterfläche. Anschließend sollte sie kurz auf mich gucken, schließlich die Achseln zucken und ratlos ins Publikum schauen. Damit wäre der erste Sketch fertig. Wir würden uns noch abklatschen und

---

[8] das war etwas, was ihr richtig schwer fiel; in den Proben musste sie des Öfteren loslachen

abgehen. Sayana würde mit einem Schild *„Pause"* zur anderen Seite der Bühne und wieder zurück gehen.

Den zweiten Sketch würde das Krokodil Sayana mit dem Schild ankündigen: *„2.Sketch"* und auf der Rückseite *„Der Pinguin"*. Bevor wir aufträten, käme das Krokodil noch einmal mit einem Schild: *„Polizist auf Streife"*. Das wäre mein Stichwort. Ich würde als Polizist verkleidet (bedrohlich mit Kappe, Sonnenbrille, Schlagstock, Handschellen und passendem Outfit) auf die Bühne kommen und diese langsam abschreiten. Dabei würde ich immer wieder prüfend den Kopf langsam zum Publikum und zurück drehen. Um dann plötzlich ruckartig eine Stelle im Publikum zu fixieren, zwei Schritte langsam zurückzugehen und bedrohlich den Schlagstock in die offene linke Hand schnalzen zu lassen. Die Idee, zwei Schritte rückwärts zu gehen und dabei das Publikum zu fixieren, hatte Valerija bei einer der Proben. Das ließ den Polizisten noch bedrohlicher erscheinen. Die zwei Schläge mit dem Schlagstock in die offene Hand waren das Signal an Valerija und ihren Papa, auf die Bühne zu kommen. Valerija sollte als Pinguin verkleidet und an der Hand ihres Papas watschelnd, ständig Schnalzlaute von sich gebend auf die Bühne kommen. Sobald der Polizist die beiden entdeckt hätte, würde er auf sie zustürzen und den Begleiter des Pinguins in bedrohlichem Ton fragen, was er denn da mit dem Pinguin machte. Dieser würde antworten: „Wir gehen spazieren". Der Polizist würde ein „Ach!" hervorstoßen. Um dann fortzufahren: „Und warum schnattert der so?" Der Begleiter würde entgegnen, dass der Pinguin Halsweh hätte. Woraufhin der Polizist ein gedehntes, bayerisch gefärbtes „Was?" hervorstoßen würde. „Halsweh?" Dann, so als würde er sich ärgern, dass er sich soweit eingelassen hätte: „Ach, egal! Der Pinguin muss in den Zoo! Ich erwarte, dass Sie den Pinguin noch heute in den Zoo bringen!" Danach würden wir abgehen und das Krokodil würde mit einem Schild über die Bühne und zurück gehen: *„Nächster Tag"* und auf der Rückseite: *„Polizist auf Streife"*.

Der Polizist käme wieder auf die Bühne und würde in gleicher Manier wie zu Beginn auf verdächtige Elemente prüfen. Dann käme wieder der Mann mit dem Pinguin auf die Bühne. Fassungslos würde der Polizist auf die beiden zustürzen und den Mann anherrschen: „Ich habe Ihnen doch gestern gesagt, Sie sollen mit dem Pinguin in den Zoo gehen!" Woraufhin der Mann antworten würde: „Ja, das haben wir gemacht. Gestern waren wir im Zoo und heute gehen wir ins Kino". Daraufhin würde sich der Polizist durchstrecken und an den Kopf fassen und der Sketch wäre beendet. Wir würden uns die Hände schütteln und Sayana, das Krokodil, würde mit dem Schild „Ende" auf die Bühne kommen.

So der Plan.

Im ersten Sketch traten nur Valerija und ich auf. Deshalb konnten wir die Proben auch im Rahmen unserer Nachhilfestunden durchführen. Was ich nicht bedachte, war, dass gleich neben unserem Zimmer die Aula der Schule war und diese wie ein Klangverstärker wirkte. Zudem ließen wir die Türe des Besprechungsraums meistens etwas offen. Ich kann es mir einbilden, aber es kam mir so vor, als hätten mich die Putzfrauen etwas mitleidig angeschaut, als wir das Schulgebäude verließen. Sie waren überaus freundlich. Später haben sie Valerija sogar eine Kleinigkeit zum Geburtstag geschenkt.

Unsere Generalprobe fand am Dienstag vor dem Fest in den Räumen von Valerijas Familie statt, genauer gesagt im Essraum. Vielleicht können Sie sich vorstellen, wie beengt es da zuging. Jedenfalls schafften wir es, dass Sayana sich trotz Krokodilkostüm mit ihren Schildern am Tisch vorbeizwängte (wir probten die Abfolge und das eventuell nötige Drehen eines Schildes). Julia saß auf dem Sofa der Sitzecke und musste das Publikum spielen. Sie ließ sich vom allgemeinen Chaos nicht stören und vertilgte ein paar Fruchtzwerge, klatschte aber auch gelegentlich. Valerija – im Pinguinkostüm - und ihr Papa kamen zum Auftritt aus dem Schlafzimmer, ich als Polizist aus dem dunklen Bereich neben der Türe. Wir probten den 2.Sketch zweimal, dann ließ sich Sayana nicht mehr bremsen. Sie eroberte das Polizistenkostüm (ein Vorgeschmack auf das Fest) und wollte Valerija unbedingt Handschellen anlegen.

Mitte November, an einem Samstag, kam das Fest.

Die Planungen gingen von ca. 50-100 zu erwartenden Teilnehmern aus. Tatsächlich waren es dann ca. 70-80. Die eingedeckten Tische reichten erstaunlich genau.

„Unser Krokodil" Sayana kam in letzter Minute. Ich war schon wie auf Kohlen gewesen und hatte schließlich Valerijas Mama gebeten, bei Sayana anzurufen und sie an unseren Sketch zu erinnern.

Etwas verspätet startete das Fest mit Begrüßung und Programmübersicht durch unsere Projektleiterin und Grußworten von Bürgermeisterin und Dekanin, die allen viel Spaß auf dem Fest wünschten.

Als die Projektleiterin dann die Sketche ankündigte, gingen Sayana und ich (nach meiner kurzen Einführung zu den beiden Sketchen) in den kleinen Nebenraum rechts neben der Bühne. Ich wollte gerade Sayana das erste Schild in die Hand drücken, als sie mich mit großen Augen ansah und sagte: „Sollte ich nicht zuerst das Krokodilkostüm anziehen?" Oh ja! Schnell versuchten wir, das Kostüm überzustreifen. Aber es war verkehrt herum. Die Schnauze ging nach hinten. Für einen kurzen Moment überlegte ich, ob das nicht vielleicht auch ganz lustig wäre, verwarf den Gedanken aber, und wir machten noch einen Versuch. Ich vertröstete kurz das Publikum (es könne sich nur noch um Minuten handeln). Gott sei Dank war das dann die letzte Panne, sieht man einmal davon ab, dass ich beim Abgang über das bereitgestellte Polster des 1.Sketches stolperte.

Krokodil   /   Polizist und Krokodil   /   Pinguin mit Begleiter

Sayanas Mutter bedankte sich hernach noch, bevor sie gehen musste, bei mir. Das fand ich sehr nett. Ich wollte ihr die Hand geben, merkte aber dann noch rechtzeitig, dass das bei Muslimen nicht üblich ist. Egal, es war nett von ihr.

Nach den Sketchen wurde das Buffet eröffnet. Der daran anschließende Programmpunkt „Vergabe des Kostüms des im 2.Sketch aufgetretenen Polizisten an eines der Kinder" wurde dadurch erschwert, dass die Bestandteile – an einigen der Kinder gesichtet – erst wieder eingesammelt werden mussten. Dann galt es, ein Rätsel zu lösen, um das Polizistenkostüm zu erhalten. Gabi, unsere Projektleiterin, war zeitweise zwischen den vielen weißen Ärmchen sich meldender Kinder nicht mehr zu sehen. Sie überlebte aber dennoch unbeschadet. Das Polizistenkostüm ging übrigens an den kleinen Bruder von Sayana.

Anschließend trugen einige der Kinder auf der Bühne Gedichte vor, die sie ohne Zutun der Organisatoren des Festes vorbereitet hatten und für deren Vortrag sie viel Applaus erhielten.

Bei verschiedenen Spielen waren die Kinder mit Feuer und Flamme dabei. Etwa beim Obstkorb-Spiel unserer Projektleiterin Gabi. Dumm nur, dass einzelne Kinder so gern das Mikrofon behielten, dass sie gar nicht mehr versuchten, frei gewordene Stühle – nachdem sie bestimmt hatten, dass etwa alle Bananen aufstehen sollten – zu besetzen. Sie blieben lieber im Zentrum des Stuhlkreises, im Besitz des Mikrofons, und ließen „das Obst tanzen".

Obstkorb-Spiel

Als die CD aufgelegt wurde, die eine Zusammenstellung von Liedern aus den Heimatgebieten der Asylbewerber enthielt, tanzten die Kinder auf der

Bühne. Besonders beliebt war dabei der Kreisweg über die vor der Bühne abgestellten Stühle, in einen der beiden Nebenräume und von hinten dann wieder auf die Bühne. Der Hausmeister hatte freundlicherweise noch ein kleines Gerät zur Flutung der Wände und der Decke mit bunten Lichtpunkten bereitgestellt. Für die Kinder das Größte, zumal sie die Farben durch Drücken einer Halbkugel auch noch selbst modulieren konnten. Viele Eltern machten mit den Handys Fotos ihrer tanzenden Kinder. Eine Traube von Kindern bewegte sich in Kreisen rhythmisch zur Musik über die Bühne zu Liedern aus ihrer Heimat, in dieser mit bunten Lichtpunkten gefluteten Bühnenumgebung. Wir hatten gehofft, dass die Kinder der Flüchtlingsfamilien die Bühne erobern würden. Dass sie es dann tatsächlich taten, war wie Zauberei.

Tanzende Flüchtlingskinder

Alles ist nur auf Zeit

Zum Ende des Winters 2015/2016 befiel mich das Gefühl, dass unsere gemeinsame Zeit zu Ende ginge. Als mir Valerijas Mama Anfang April mitteilte, dass sie Mitte Mai zum Interview beim BAMF[9] in Zirndorf bestellt wären, wurde das Gefühl zur Gewissheit. Denn egal, wie der Entscheid ausfallen würde, unsere Wege würden sich trennen. Im positiven Fall müsste sich die Familie eine Wohnung am freien Markt besorgen. Ich vermutete aus Gesprächen, dass sie das wohl im Badischen tun würde, mehr als 200 km entfernt. Im negativen Fall würde sie abgeschoben in die Ukraine, mehrere tausend Kilometer entfernt.

Menschen werden geboren, begleiten einige andere für kurze Zeit und sterben. Manche haben vielleicht das Gefühl, sie würden im Bewusstsein der Menschen, die sie begleiteten, weiter leben. Wenn wir uns vorstellen, wie viele Menschen vor uns gelebt haben. So viele Menschen! So viele Schicksale! Und nichts ist von ihnen geblieben. Berühmte Leute „überleben" vielleicht ein wenig länger auf diese Weise. Cäsar etwa hat gut 2000 Jahre „überlebt". Aber was sind 2000 Jahre in geologischen oder gar kosmischen Zeiträumen, wenn wir über Millionen oder Milliarden von Jahren reden? Spätestens wenn die Menschheit nicht mehr existiert, ist auch ein Cäsar tot – vergessen für immer. Alles ist nur auf Zeit.

Und wie hatte Valerija die Nachrichten aus Zirndorf aufgenommen?

In der Nachhilfestunde Anfang April erzählte ihr Albert, dass er sich bei der NASA für einen Raumflug ins Zentrum der Galaxie beworben hätte. Sie sah ihn skeptisch an. Natürlich ging es zuerst wieder darum, dass Puppen nicht ins All fliegen könnten. Er überging ihren Einwand souverän und erklärte ihr, dass er einen entscheidenden Vorteil gegenüber den

---

[9] Bundesamt für Migration und Flüchtlinge in Deutschland

menschlichen Mitbewerbern hätte. Die Reise würde nämlich 1000 Jahre dauern[10] und er (als Puppe) wäre der einzige gewesen, der über 1000 Jahre alt werden könnte. Er müsse allerdings jeden Tag trainieren. Er zeigte ihr, wie er Liegestützen machte. "Stell dir vor", sagte er dann, "1000 Jahre! Was mache ich da bloß so lange Zeit? Soll ich die ganze Zeit lesen und rechnen und aus dem Fenster schauen?" Draußen wäre alles schwarz, erwiderte sie, da das Weltall unglaublich leer wäre (woher wusste sie das?). Als Albert später wieder davon anfing, wurde es ihr zu bunt: "Du langweilst dich da in deinem Raumschiff. Aber andere Leute müssen arbeiten!" Hoppla, dachte ich, hat da Papa mal gesprochen? Zirndorf?

Später bei der Mathe-Hausaufgabe musste ein Junge namens Jonas 46 Euro für 2 Spielsachen zu 20 und 26 Euro bezahlen. Ich fragte sie, wo denn Jonas so viel Geld her hätte, ob er etwa gearbeitet hätte. "Nein!" sagte sie, "Kinder brauchen noch nicht zu arbeiten!". 'Aha', dachte ich.

Ich malte ihr kurz ein Übersichtsbild zur Galaxie auf einen der Papierbögen, zur Position der Erde und zur geplanten Reise. Dass die Reise zum Zentrum 1000 Jahre dauern würde und das Raumschiff dann vom schwarzen Loch im Zentrum wie ein Bumerang zurückgeschleudert würde und wieder 1000 Jahre zur Erde unterwegs wäre. "Dann bist du ja 2000 Jahre unterwegs" rechnete sie korrekt. Albert bestätigte das. Sie sagte, dass sie dann längst tot wäre. Albert kam ins Grübeln und schlug schließlich vor, dass sie doch mitreisen könnte. Sie erklärte ihm, dass das nicht ginge, da sie keine 1000 Jahre alt werden könnte. Albert grübelte wieder. Als er aufblickte, sagte er: "Dann bleibe ich doch lieber hier". Sie lächelte und freute sich.

---

[10] Tatsächlich ist Sagittarius A, das Zentrum unserer Galaxie, etwa 26.000 Lichtjahre von uns entfernt. Eine Reise dorthin würde nach Einstein mehr als 26.000 Jahre dauern (auf den Uhren der Zurückbleibenden; auf den Uhren der Reisenden könnten tatsächlich nur 1000 Jahre vergehen).

Ich hatte auf YouTube ein paar Musikstücke gefunden, von denen ich Valerija zwei in der Nachhilfestunde Mitte April vorspielte. Das erste war von Tschaikowski und hieß "Chinesischer Tanz" (aus dem Nussknacker). Das fand sie ganz nett, aber die Post ging ab beim zweiten Lied: "Cancan" von Jacques Offenbach. Sie hatte das Lied schon einmal gehört im Rahmen der Werbung zu einem Multfilm (russische Version von Zeichentrick-Videos). Sie begann sich zu drehen und im Kreis zu laufen und Sprünge zu machen. Auch Albert hielt es nicht mehr. Er pfiff mit und schmiss seine Stoffbeinchen in die Höhe bis an seine Nase. Sie musste lachen, als sie es sah. Wir haben Jacques Offenbachs Musik später in den Pausen noch ein paar Mal gespielt. Ich erzählte ihr, dass Jacques Offenbach in Deutschland aufgewachsen war und ursprünglich Jakob hieß. Erst als er zum Studium der Musik nach Paris ging, nannte er sich Jacques. Dann wäre der Deutsch-Französische Krieg 1870/71 ausgebrochen. „Warum?" fragte sie. Schande über mich, ich wusste es nicht mehr.[11] Die Franzosen hätten Offenbach misstraut, weil er aus Deutschland kam, die Deutschen nannten ihn einen Verräter, weil er nach Frankreich gegangen war. Er hätte mit seiner Familie nach Spanien flüchten müssen und wäre erst nach dem Krieg wieder nach Frankreich zurückgekehrt. Er wollte eigentlich nur schöne Musik machen.

Zwischendurch hatte sie ihr Stoffkätzchen Chi-Chi (das sie immer mit in die Schule begleitete) ausgepackt und als Albert Cancan tanzte, band sie Chi-Chi an seiner Mütze fest. Albert erklärte Chi-Chi, dass sie mit ihm in die Scheune zur Eule gehen müssten, wenn sie an ihm festgebunden wäre. Valerija fragte daraufhin, ob Chi-Chi auch als anderes Tier im Hasenland vorkam. Albert guckte Chi-Chi eine Zeitlang an, dann fiel es ihm ein: "Ja, sie sieht Willi Wühler ähnlich". "Willi Wühler? Wer ist das?" wollte sie

---

[11] Laut Wikipedia war Auslöser der Streit zwischen Frankreich und Preußen um die Frage der spanischen Thronkandidatur, Frankreich damals regiert von Kaiser Napoleon III, Preußen von König Wilhelm I. Die Machtspiele der Aristokraten kosteten fast 184.000 Menschen das Leben.

wissen. Ich erklärte ihr, dass ich ihr die Geschichte von Willi Wühler ein anderes Mal erzählen würde. "Und was ist Willi Wühler für ein Tier?" ließ sie aber nicht locker. Albert hakte ein und erklärte ihr, dass Willi Wühler ein Maulwurf wäre. "Was? Ein Maulwurf? Nein, meine Chi-Chi ist kein Maulwurf!" rief sie.

In einer „Nachhilfestunde" Ende April schafften wir nur die Mathe-Hausaufgabe. Bei ihr zuhause (Oma hatte mir einen Tee gemacht, Julia war diesmal nicht zugegen) machten wir die Deutsch-Schreibhausaufgabe. Dabei sollte sie sogenannte *Lernwörter* aus dem Buch (Substantive mit Artikeln, Verben und Adjektive) in ihr Heft übertragen, dann abdecken und aus dem Gedächtnis ein zweites Mal daneben schreiben. Ich erklärte ihr, dass man sich die Wörter in ihrer Reihenfolge am besten merken könnte, wenn man eine Geschichte zu ihnen erfand. So mussten wir also u.a. zu den Wörtern "die Zeit", "der Freund", "die Stunde", "der Sport", "das Telefon", "das Pferd", "das Spiel", "der Zahn" eine Geschichte erfinden. Die ging wie folgt: "Ich nehme mir *Zeit* für meinen *Freund* für eine *Stunde*. Wir machen *Sport* mit einem *Telefon* und einem *Pferd*". „Halt!" rief sie. „Wie soll man mit einem Telefon Sport machen?" wollte sie wissen. Ich erklärte ihr, dass es in den Niederlanden ein Handy-Weitwerfen gäbe. "Was? Die werfen ihr Handy weg?" rief sie ungläubig. Ich erklärte ihr, dass sie das mit Handys machten, die sie nicht mehr brauchten und derjenige, der sein Handy am weitesten warf, hätte gewonnen. Sie konnte sich nur wundern. „Und was macht das Pferd dabei?" wollte sie wissen. Ich sagte, man könnte zum Beispiel auf dem Pferd reiten und dabei das Handy werfen. Sie grinste. Dann ging die Geschichte weiter: "Das Pferd verlor bei dem *Spiel* einen *Zahn*" (was ihr durch das Handy-Werfen wohl eher plausibel vorkam, es kam jedenfalls keine Frage).

Die Verben und Adjektive "dürfen", "reisen", "leben", "krank", "weit" und „zuhause" mündeten in den Schluss der Geschichte, den sie ergänzte: "Wir *dürfen* mit dem Pferd nach Russland *reisen*. Gott sei Dank *leben* wir noch. Allerdings sind wir *krank* geworden und *weit* weg von *zuhause*".

Respekt! Dann deckte sie die linke Seite, auf der sie die Lernwörter (eines je Zeile) schon geschrieben hatte, ab und versuchte, die Worte rechts daneben noch einmal zu schreiben. Sie rutschte die Abdeckung dabei leicht zur Seite. Auf meinen Einwurf, dass sie schummelte, entgegnete sie sehr ernsthaft, dass sie nur sicherstellen müsse, dass der Abstand zum Wort links groß genug wäre.

An einem Freitag Mitte Mai fuhr ich zu meinem Töpfereibedarf-Laden nahe Nürnberg. Ich brauchte Einbauplatten und Glasuren. Dabei machte ich einen Umweg über Zirndorf. Ich würde die Familie am 23. Mai, in der Mitte der Pfingstferien, dorthin zum BAMF wegen ihres Interviews fahren und wollte sehen, ob der Weg in irgendeiner Form problematisch wäre (Baustellen etc.). Wir müssten schließlich um 8 Uhr dort sein. Selten habe ich etwas Hässlicheres gesehen. Das BAMF in Zirndorf war ein großer Beton-Glas-Klotz direkt an einer zweispurigen Hauptverkehrsstraße. Ich fuhr kurz in die Einfahrt, um nach Parkmöglichkeiten Ausschau zu halten, fand mich aber gleich vor versperrten hohen Toren. Ein kleiner Parkplatz rechterhand war nur für Bedienstete. Als ich gewendet hatte und wieder in die Hauptstraße einbog, sah ich mir noch einmal die kurze, vollgestellte Parkbucht direkt an der Straße vor dem BAMF an, an der ich bei der Anfahrt vorbeigekommen war. Das waren wohl die Parkplätze für Besucher. Parken würde also eine Herausforderung werden am 23-ten. Ich sah im Vorbeifahren ein dunkelhäutiges Paar mit Kind über die Straße eilen. Das BAMF in Zirndorf wirkte wie eine Festung, an der eine viel befahrene zweispurige Straße vorbei führte.

Am Sonntag Nachmittag, dem Tag vor dem 23-ten, fuhren wir zusammen in einen Steinbruch bei Solnhofen, Valerija, Mari (ein befreundetes sechsjähriges Flüchtlingskind), Papa und Dimitri (der zehnjährige Sohn von Papas Bruder) und ich. Die Familie von Papas Bruder lebte in einem Flüchtlingsheim in Wemding, etwa 20 km entfernt. Dort holte ich Dimitri ab. Die Fahrt ab Wemding war eine mittlere Katastrophe, denn ich ließ mich vom Navi leiten und landete in einem Baustellenverbund. Erst als es mir gelang, nach Wemding zurück zu kommen und ich den Weg einschlug, den ich davor auf einer Karte angeschaut hatte, glückte die Fahrt zum Steinbruch. Im Gegensatz zum Jahr davor, waren April und Mai sehr verregnet gewesen. Der Tag unserer Fahrt war einer der wenigen schönen Tage in diesem Frühjahr. Und er wurde richtig heiß, im Steinbruch staute sich die Hitze. Ich hatte zwei Exemplare von Hammer und Meißel dabei. Mit denen wollten wir Steinplatten auseinander klopfen und sehen, ob Versteinerungen enthalten waren. Der Steinbruch war sehr weitläufig und man konnte Wege gehen, die auf einmal auf einer Anhöhe aus Abraum endeten, ohne dass man das zunächst erkennen konnte. Im hinteren Teil des Steinbruchs war ein Parcours für Geländewagen. Dort sahen wir einige Fahrzeuge sich Hänge hinauf quälen, dass man meinte, sie würden gleich rücklings umkippen. Ich war früher schon durch das Gelände gegangen und wusste, dass in diesem Bereich auch eine „Autowippe" war (Autos fuhren auf einer Seite auf die Wippe, dann langsam zur Mitte, bis die Wippe schließlich kippte und das Auto auf der anderen Seite wieder auf den Weg fahren konnte). Das war eines meiner Ziele. Zunächst blieben wir im vorderen Teil des Steinbruchs und sammelten glitzernde Quarzite oder Plattenbruchstücke. Mit Stiften malte ich auf eine der Platten ein Gesicht, dessen Augen den Betrachter ansahen. Mari wollte daraufhin einen Hammer. Als ich ihr den gegeben hatte, zertrümmerte sie mit Inbrunst den Stein mit dem Gesicht. Danach mussten weitere Platten daran glauben. Der Steinbruch bot reichlich Material dafür. Später, nachdem sie sich ausgetobt hatte, malte sie dann sogar selbst die Zahlen von 1 bis 9 auf eine der Platten. Im Herbst kommt sie vielleicht in die Schule. Der Steinbruch enthielt zahlreiche Gruben, in denen sich Wasser in kleinen Tümpeln gesammelt hatte. Dort wuchsen Gräser und Büsche und in größeren Tümpeln lebten auch kleine Frösche und Kaulquappen. Valerija und Dimitri schreckten sie auf, indem sie kleine Stöckchen in den Schilfbereich warfen. Mari ging die Sache etwas brachialer an. Sie warf Steine ins Wasser, die sie gerade noch tragen konnte. Unglücklicherweise wurde dabei so viel Schlamm aufgewirbelt, dass vielleicht Kaulquappen aufgeschreckt wurden, man davon aber nichts mehr sehen konnte. Auf einem Felsen beim Tümpel hatte ich das mitgebrachte Obst (Melone,

Mandarinen, Pfirsiche) und einige Pizzen und Getränke ausgelegt. Dort machten wir Brotzeit im Schatten eines Busches.

Gegen halb fünf Uhr verließen die Autos nach und nach den Parcours. Nachdem alles leer war, eroberten wir das Gelände, und als erstes die Autowippe. Der Boden der Wippe bestand aus dicken Holzbalken, die miteinander mit Metallschienen verbunden waren. Die Kinder waren gar nicht mehr weg zu kriegen von dieser Riesenschaukel. Wenn alle auf eine Seite liefen – ein Erwachsener musste dabei sein, da das Gewicht der Kinder allein zu gering war – dann kippte die Wippe mit einem durchdringenden Ächzen und krachte mit ihrer Metalleinfassung am Rand in die Bodenvertiefung. Die Kinder liefen immer auf die nach oben ragende Seite und warteten gespannt, bis Papa oder ich dazu kamen und die Wippenseite anfing, sich langsam und ächzend nach unten zu bewegen. Mari sauste dann schnell zur anderen Seite und – unglaublich aber wahr – konnte die Bewegung der Wippe stoppen. Das Leichtgewicht auf der anderen Seite reichte tatsächlich, die Bewegung der Wippe anzuhalten. Ich rief: „Du bist zu schwer, Mari!". Valerija lachte. Mari grinste von einem Ohr zum anderen und präsentierte ihre Zahnlücke vorne. Sie genoss sichtlich ihre Macht. Erst wenn sie auch auf unsere Seite kam, kippte die Wippe krachend in die Vertiefung. Sie lief dann mit Valerija und Dimitri auf die gegenüber liegende Seite, musste dabei aber feststellen, dass ihre Macht nicht reichte, die Wippe in Bewegung zu setzen, auch nicht mit Hilfe der beiden anderen Kinder. Das Geheimnis der Wippe war ihre große Reibung in der Drehachsenlagerung.

Der Abend brachte etwas Kühlung. Ich saß erschöpft auf einer der Bänke nahe dem Anmeldehäuschen, das nicht mehr besetzt war. Auf dem Tisch davor waren das restliche Obst und die restlichen Getränke ausgebreitet. Papa und die Kinder bedienten sich gelegentlich. Dimitri und Valerija spielten Federball. Mari bemalte Steinplatten. Später spielten alle drei ein paar Runden Boccia.

Gegen 7 Uhr abends brachen wir auf. Wolken waren aufgezogen und auf dem Rückweg begann es zu regnen. Die Tropfen waren schwer, die Luft würzig. Mari nutzte eine große Tasche, die ich für den Transport der Steinplatten mitgenommen hatte, als Regenschirm. Sie hatte sie umgedreht und ging darunter. Die Tasche war fast so groß wie sie. Eine wandelnde Tasche im Steinbruch. Ich lieferte alle wieder in ihren Unterkünften ab. Die Rückfahrt war problemlos, meine Nacht unruhig. Obwohl ich reichlich erschöpft war, konnte ich schlecht einschlafen. Es war die Nacht vor der Fahrt zum BAMF.

Wir hatten vereinbart, dass ich die Familie am 23-ten um 6:30 Uhr zuhause abholen würde. Ich hatte beschlossen, zehn Minuten früher zu kommen, zur Sicherheit. Valerija war noch im Schlafanzug, Julia dagegen schon fertig angezogen. Ich sagte Valerija, sie müsste sich noch anziehen, da wir in zehn Minuten fahren würden. Sie sah mich etwas verwundert an, sie war wohl noch müde. Als sie kurz darauf mit einer blauen Strickjacke aus dem Schlafzimmer kam, sah ich, dass der weiße Schlafanzug darunter kein Schlafanzug war sondern ihre heutige, etwas luftige Bekleidung. Vielleicht hätte ich mich eingehender über neue Mode informieren sollen, statt meinem (losen) Mundwerk freien Lauf zu lassen. Ziemlich pünktlich fuhren wir los, Valerija, Julia, ihre Mama, ihre Oma und ich. Papa war in Wemding bei seinem Bruder und wollte mit dessen Familie separat nach Zirndorf fahren und uns dann dort treffen. Ich ließ mich vom Navi dieselbe Strecke leiten, die ich schon probehalber gefahren war. Nach einem Drittel der Strecke wurde Julia schlecht und wir mussten kurz halten. Mama hatte glücklicherweise an die Tüte gedacht. Sie blieb aber leer und wir setzten die Fahrt fort. Zwei- bis dreimal würgte Julia nochmals, mit demselben Resultat. 20 Minuten vor 8 Uhr waren wir am BAMF. Die Parkbuchten waren schon voll belegt. Ich fuhr in die Einfahrt in der Hoffnung auf ein Wunder. Aber die hohen Tore waren verschlossen wie zuletzt. Ich beschloss, frech zu sein und lenkte den Wagen in Richtung Parkplatz für „Berechtigte" und stellte fest, dass ich nicht berechtigt war. Ein leicht rundlicher Bediensteter mit Warnweste hatte mich aus dem

Eingangsbereich heraus erblickt und kam leicht hinkend auf uns zu. Er erklärte mir durch die geöffnete Seitenscheibe, dass ich hier nicht parken könnte. Auf meine Frage, wo es denn Parkplätze gäbe, verwies er auf die Parkbuchten an der Straße oder vielleicht Seitenstraßen. Wir fanden schließlich in einer Seitenstraße noch einen Parkplatz, mussten jetzt allerdings einige hundert Meter zurück laufen. Trotzdem waren wir vor 8 Uhr im BAMF. An der Anmeldung gab Mama ihr Vorladungspapier – vielleicht hieß es auch Anlandungspapier, ich weiß es nicht mehr - ab und wir gingen in den Warteraum. Dort waren schon zahlreiche Flüchtlinge. Die Luft war trotz gekippter Fenster abgestanden. Beim Anblick der teils dunkelhäutigen, afrikanisch oder orientalisch anmutenden Menschen, einzelnen Männern und Frauen, einigen Familien mit Kindern, Schlafenden und apathisch sitzenden aber auch Gruppen palavernder Männer dachte ich: So viele Menschen! So viele Schicksale! Mir wurde schlagartig wieder klar, wie klein doch unsere Welt dort in Heidenheim war und wie groß die Welt da draußen. Wir fanden einen Bereich im zentralen Warteraum in der Nähe eines Getränkeautomaten und eines Tisches, wo wir zusammen sitzen konnten.

Zehn Minuten später kam Papa mit der Familie des Bruders an. Julia entdeckte ihn als erste, zeigte mit dem Finger zum Fenster und rief etwas, was ich nicht hören konnte. Denn ich war zu dem Zeitpunkt im Freien vor dem Eingangsbereich und konnte Papa daher als Erster begrüßen. Dann stürzten auch schon die Kinder herbei und holten sich Küsse von Papa ab. Dimitri und die Oma väterlicherseits kannte ich schon, den Bruder, seine Frau und das zweite Kind (es war vielleicht eineinhalb Jahre) sah ich zum ersten Mal. Im Warteraum hatten die Familien erst einmal viel zu besprechen. Wir mussten fast eine Stunde warten, dann wurden der Bruder und danach Papa als erste Familienmitglieder aufgerufen, Mama etwa eine Dreiviertelstunde danach. In der Zeit spielte ich mit Valerija und Dimitri zwei Runden Deutsch-Domino. Danach legte ich Papier und mitgebrachte Malstifte auf den Tisch. Valerija begann sofort, ein Pferd zu malen, Dimitri Hubschrauber, die Munition verschossen. Julia gesellte sich dazu und zeichnete ihre markanten Strichfiguren. Und dann waren auf einmal weitere Flüchtlingskinder da und begannen, mit zu malen. Die Besetzung wechselte, aber es war immer eine Traube von etwa vier bis fünf Kindern am malen. Ein Mädchen hatte eine schöne bunte Blume gemalt, ein Junge in Strichen viele laufende Menschen an einem Horizont. Ich weiß noch, dass ich mich wieder einmal wunderte darüber, dass die Kinder ein solches Bedürfnis hatten, zu malen.

Während Papa eher pessimistisch aus seinem Interview kam, strahlte mich Valerijas Mama an – ich war gerade zufällig im Eingangsbereich, um frische Luft zu schnappen, als sie durch eine Seitentür aus dem Bürobereich auf mich zukam. Ich glaube, sie war unheimlich erleichtert. Auf meine Frage, ob alles ok sei, antwortete sie: „Ja, alles gut!" Ich fürchte allerdings, sie unterschätzt die prozessuale Kälte der Entscheidungsfindung im BAMF. Aber sie hatte wieder Hoffnung, das war das Wichtigste.

Kurz nach 11 Uhr, nachdem sich alle verabschiedet hatten, traten wir die Rückfahrt an. Nach kurzer Zeit gerieten wir in eine Baustelle und passierten langsam und sehr nahe, große und lärmende Baustellenfahrzeuge. Julia schrie auf. Dann wimmerte sie und hielt sich die Augen zu. Ich versuchte, sie zu beruhigen, dass wir gleich vorbei wären. Mama nahm sie in den Arm. Warum sie in Panik geriet, weiß ich nicht. Möglicherweise war sie in dem Heimatort südlich von Charkiw den schweren Maschinen des Krieges ähnlich nahe begegnet. Später schlief sie ein. In dieser Zeit hörte ich Mama weinen. Die ganze Anspannung löste sich da wohl. Gegen 12:15 Uhr waren wir zurück.

Am nächsten Tag besuchte ich die Familie noch einmal – Valerija hatte mich eingeladen. Mama machte mir einen Tee, ich hatte Obst, Säfte, Nüsse und Brezen mitgebracht. Außerdem Papier und Stifte zum malen. Ich hatte das Papier kaum ausgebreitet, da legten die beiden Kinder schon los. Valerija malte ihr Pferd, Julia ein Haus und Strichmännchen. Später ergab sich eine günstige Gelegenheit für Julia, Valerijas Pferd blau auszumalen. Valerija nahm es gelassen, sie war so etwas wohl schon gewöhnt. Ich zeigte ihr Bilder des berühmten Malers Franz Marc von blauen Pferden und erklärte ihr, dass diese heute ein Vermögen wert waren. Sie war sehr erstaunt darüber, dass man mit Bildern von blauen Pferden, die es doch eigentlich gar nicht gab, Geld verdienen konnte.

Während die Kinder malten, las ich Valerija Alberts vierte Geschichte vor, die Geschichte von Willi Wühler, genauer gesagt dem Geburtstag von Willi Wühler, der so total in die Hose ging.

Alberts 4.Geschichte

Es war der 1.Mai, der Tag, an dem Willi Wühler, der Maulwurf, Geburtstag hatte. Brigitte und Wat hatten ihm ein paar Handschuhe und eine Taschenlampe für seine unterirdische Wühlarbeit gekauft, während Albert ihm eines seiner Gedichte gewidmet hatte. Das lautete wie folgt:

>Oh Willi, du!
>Die U-Bahn sei bald fertig, hast du gesagt,
>hast dich geplagt
>und niemals geklagt
>oder verzagt,
>oh Willi, du!

Sie hatten ihre Geschenke in braunes Papier verpackt (braun war Willis Lieblingsfarbe) und befanden sich nun auf dem Weg zu ihm. Brigitte pries dabei unentwegt ihr Geschenk: „Über die Handschuhe wird er sich sicher am meisten freuen! Nie wieder wird er Schwielen oder Risse an den Händen bekommen. Ja, etwas Besseres hätte ich ihm gar nicht kaufen können!" Sie malte sich in Gedanken schon aus, wie Willi auf sie zu stürzen und ihr einen Kuss auf die Wange drücken würde. Das machte sie ganz verlegen. „Ach, Willi! Das wäre doch nicht nötig!" seufzte sie.

„Was?" rief Albert. Und auch Wat blickte sie verblüfft an. Brigitte erschrak. Die Röte stieg ihr ins Gesicht.

„Ach du Schande!" quakte da Wat. „Seht mal, wer da vorne kommt!"

„Ei du dicker Knödel! Der Chef!" gluckste Brigitte.

„Und Jamaia!" ergänzte Albert.

Der Chef, das war Bankdirektor Geldford, Brigittes Vorgesetzter in der Bank, den man oft in Begleitung Jamaias sah, welcher jedermann zu überzeugen suchte, dass ein gewisser Gott an allem drehte.

„Nichts wie in die Büsche!" schauderte Wat. Brigitte stürzte hinter ihr drein. Albert war sich wie immer nicht schlüssig, was er tun sollte. Ob er sich auch verstecken sollte? Wenn sie ihn nun aber schon gesehen hatten. Je mehr er überlegte, desto sicherer wurde er, dass sie ihn schon gesehen haben mussten, sie waren ja jetzt auch schon ganz nah. ‚Ach, was soll's!' dachte er. Warum sollte er denn vor denen weglaufen? So postierte er sich sozusagen erst recht in die Mitte des Weges und harrte der Korpulenz, die da auf ihn zukam.

Bankdirektor Geldford hatte wie immer einen blitzsauber geputzten Stock bei sich, um allen Zweifelnden zu zeigen, dass er keinen Dreck am Stecken hatte. Mit dem fuchtelte er in Gesprächen öfters herum wie mit einem Säbel, was darauf hin deutete, dass sein Herz früher der Kavallerie gehört hatte, und wohl auch auf das, was er unter ‚miteinander reden' verstand.

Manches wies auch darauf hin, dass er einst eine leitende Position bei der Post innehatte, denn gelegentlich gingen irgendwelche Gefühle mit ihm durch und er brüllte mitten im Gespräch: ‚Hoch Reichspost!' Dazu blähte er gewöhnlich die Nasenflügel und blies seine Backen auf. Warum? Darüber waren viele Gerüchte in Umlauf. Das wahrscheinlichste schien Albert jenes, dass er ehedem nach diesem Ausruf in ein Horn, vielleicht ein Nebelhorn, gestoßen hatte. Nun stand ihm offenbar kein vergleichbares Instrument mehr zur Verfügung, wohl aber noch seine Backen, sodass logischerweise von dem Blasen des Horns nur noch das Blähen der Backen übrig geblieben war. Wat hatte dies einmal als rudimentäres Verhalten bezeichnet. Was das allerdings sein sollte, hatte Albert bis heute nicht herausfinden können. Er vermutete, dass der Name vielleicht auf einen Dr. Rudi Ment zurückging oder dergleichen.

„Guten Tag, Herr Albert!" schnaufte Bankier Geldford und klopfte sich auf seinen dicken Bauch, als wollte er sich vergewissern, dass diese, seine zweitwichtigste Ausbeulung noch vorhanden war.

„Sei gegrüßt, Bruder Albert!" frohlockte Jamaia, wobei sich sein Mund beängstigend spitzte.

„Hallo, Herr Geldford! Hallo Herr Pfarrer!" entgegnete Albert.

Geldford holte tief Luft: „Schöner Tag heute, nicht?" schnaufte er aus und setzte ein breites Grinsen auf. Er war der Meinung, dass man nie wissen konnte, ob derjenige, mit dem man sich gerade unterhielt, nicht irgendwann einmal ein Konto bei einem eröffnen würde. So war er zu allen Leuten überaus freundlich, wie im übrigen auch Jamaia. Vielleicht verstanden sich die beiden deshalb so gut.

„Sind Sie auf dem Weg zur Kirche, Bruder Albert?" begehrte Jamaia zu wissen.

„Nein! Wir besuchen nur Willi Wühler. Der hat nämlich heute Geburtstag!" erwiderte Albert.

„Wir?" staunte Jamaia und drehte seinen Kopf einmal um seine Achse – was wieder einmal zeigte, wie anpassungsfähig er war. „Wo sind denn die anderen?"

Albert hätte sich am liebsten auf seine Zunge gebissen. Was sollte er jetzt bloß sagen? – „Ja, die anderen … äh …Wissen Sie, Herr Pfarrer, das ist so … äh …". Und dann kam ihm der rettende Einfall. „Ja, die anderen, die mussten gerade einmal austreten!"

„Austreten?" fragte Jamaia und runzelte die Stirn, soweit ihm das bei seiner glücklichen Natur gelang.

„Na ja, Sie wissen schon, äh … die mussten halt `mal!" brachte Albert mühsam hervor, hielt sich den Bauch und presste seine Knie zusammen.

Jamaia war sichtlich verwirrt. „Die mussten `mal? Was mussten sie denn?" fragte er nach.

Man hörte Geldford lauter schnaufen.

„Na, äh … na, pinkeln halt!" stieß Albert hervor, nachdem ihm einfach beim besten Willen keine Umschreibung mehr eingefallen war.

„Ach, Sie meinen … ach so!" flüsterte Jamaia von Erkenntnis (schwer) getroffen und wandte sein Gesicht peinlich berührt gen Himmel.

„Hoch Reichspost!" brüllte da mit einem Mal Direktor Geldford und blies seine Backen gewaltig auf.

Albert wäre fast die Hose heruntergerutscht vor Schrecken, aber das wollte er Jamaia nun doch nicht antun.

„Entschuldigung!" stammelte Geldford und tupfte sich mit einem eilends aus der Hosentasche gezogenen Taschentuch den Schweiß von der Stirn. „Ich bitte vielmals um Entschuldigung!" wiederholte er. Schließlich setzte er aber wieder sein beflissenes Grinsen auf und tönte: „Dann wollen wir Sie `mal nicht aufhalten, Herr Albert! Was meinen Sie, Hochwürden?"

„Ja!" stimmte Jamaia zu. „Und grüßen Sie mir Bruder Wühler!"

„Mach ich!" sicherte Albert zu.

Dann verabschiedeten sie sich und spazierten weiter. Jamaia wandelte förmlich von dannen, während Geldford sich noch immer seine Stirn abtupfte.

„Sie sind weg!" flüsterte Albert in Richtung der Büsche. „Ihr könnt wieder herauskommen!"

„Puh! Das war knapp!" stöhnte Brigitte, als sie aus den Büschen hervor stapfte.

„Weiß Gott!" flüsterte Wat und vergewisserte sich noch einmal, dass die Luft rein war.

„Also, ich sag' euch, dieser Geldford bringt mich noch um. Als er so unvermittelt ‚Hoch Reichspost!' schrie, hätte mich fast der Schlag getroffen. Ich bin richtig zur Salzsäure erstarrt, sag' ich euch!" meinte Brigitte.

„Säule!" verbesserte Wat.

„Was? Ich bin kein Säu`le!" entrüstete sich Brigitte und warf beleidigt den Kopf zurück.

„Ach, Unsinn!" rief Wat. Es heißt ‚Salzsäule', nicht ‚Salzsäure'!" stellte sie klar.

Brigitte schaute Wat fast mitleidvoll an, stieß ein ‚Phh!' in den Wind und setzte sich in Marsch Richtung Willi Wühlers Haus, wobei sie betont mit dem Hintern wackelte – sozusagen aus Protest.

Wat schüttelte den Kopf, schloss sich dann aber an. Albert trottete hinter ihr drein.

Gegen Mittag erblickten sie endlich Willis Erdhaus. Aus der Ferne sah es einem großen braunen Ei gleich, dessen eine Hälfte in die Erde eingelassen war.

„Na, da ist ja endlich Willis Atomei!" schnaufte Brigitte. Sie blieb stehen, zückte Spiegel und Kamm und richtete noch einmal ihre frisch gelegten Dauerwellen zurecht. Mit einem großen Lippenstift aus ihrer Tasche schmierte sie sich sodann noch den Mund ein. Schließlich zog sie – und das sollte Folgen haben – einen dicken, mit Puder getränkten Wattebausch hervor und tupfte sich das Gesicht ab. Plötzlich begannen ihre Nasenflügel zu vibrieren, ihre Augen wurden zu Schlitzen und sie holte tief Luft. Albert und Wat versuchten sogleich, sich in Sicherheit zu bringen.

Brigitte nieste fürchterlich.

Die Büsche in weitem Umkreis wurden entlaubt. In der Ferne hörte man Jamaia ein Stoßgebet gen Himmel senden. Noch Tage später sollte kein Vogel in der Nähe von Willi Wühlers Haus zu hören sein.

Dann sahen sie plötzlich eine schwarze Gestalt aus der Richtung, in der sich Willis Erdhaus befand, auf sich zu rennen.

„Mein Gott! Ein Marsmensch!" schluckte Albert.

Die Gestalt war heran, ehe er sich noch umdrehen konnte, um die Flucht zu ergreifen.

Sie erkannten, dass das Wesen einen Schutzhelm, eine Schutzbrille und eine Gasmaske trug, sowie eine Art Schwimmweste um die Brust. Im Vorbeirennen hörten sie es schreien: „Rettet euch, Freunde! Rettet euch! Die Amerikaner kommen!" Dann war nur noch ein Staubwolke zu sehen.

Wats Augen wurden ganz groß. „Aber das war doch Willis Stimme!" quakte sie. „Wo rennt er denn hin?"

„Und wieso kommen die Amerikaner?" fragte Albert und steckte den Finger in den Mund.

„Ist doch ganz klar!" meinte Brigitte, den Kopf in die Höhe. „Weil sonst die Russen kämen!"

Schöne Dinge – verstörende Dinge

An den ersten drei Julitagen, Freitag, Samstag und Sonntag fuhr ich Valerija zu Ihren Aufführungen des Tanzstücks für Kinder „Ein Teelöffel Zucker" (Mary Poppins) ins Theater nach Ansbach. Lange hatte sie dafür geprobt. An vielen Mittwochabenden waren wir in Gunzenhausen. Sie hatte Probe, ich schlenderte durch die Stadt oder kaufte ein. Nach der Probe holte ich sie wieder ab. Wenn das Wetter schön war, aßen wir noch ein Eis zusammen und spazierten zum nahen Spielplatz, andernfalls fuhren wir gleich wieder heim.

Ende Juni, am Donnerstag vor den Aufführungsterminen, war dann die Generalprobe im Theater Ansbach. Ich erkundete in der Zeit ihrer Probe die Umgebung, fand ein Eiscafé in der Nähe und im Hofgarten direkt neben dem Theater Vorbereitungen für das Rokoko-Fest, u.a. mannshohe Spitzhauben entlang des Wegs zum Restaurant, die durch ein Gebläse aufrecht gehalten wurden und durch Bodenlampen rot illuminiert waren. Auch liefen Vorbereitungen, Bäume und Büsche farbig zu beleuchten. Durch den Park liefen bereits erste in Rokoko-Kostümen verkleidete Frauen und Männer, die Frauen mit diesen weit ausladenden, bis zum Boden reichenden Röcken, in denen sie über den Boden zu schweben schienen. Alle trugen Perücken, manche auch Vogelmasken vor dem Gesicht. Und dann waren da plötzlich Kinder in Seemannskostümen. Sie hatten anscheinend ihren Auftritt in „Ein Teelöffel Zucker" schon hinter sich und waren in der Pause in den Hofgarten gekommen. Die Hofgartenbesucher erhielten eine Gratisvorstellung. Später gesellten sich auch Schmetterlinge, Regenschirme und Buchstaben in fantasievollen Kostümen dazu.

Als Valerija nach über zwei Stunden aus der Generalprobe kam, besorgten wir uns ein Eis, spazierten noch ein wenig durch den illuminierten Hofgarten und bewunderten die prachtvollen Kostüme der Rokoko-Festspielteilnehmer.

Tags darauf, am Freitag, war die erste Aufführung von „Ein Teelöffel Zucker". Es war zufällig gleichzeitig der Beginn der Rokoko-Festspiele. Die Aufführung dauerte von 19 bis 21:30 Uhr. Um 18:30 Uhr musste Valerija schon am Hintereingang des Theaters sein. Dort übergab ich sie, wie schon bei der Generalprobe, den Betreuerinnen des Tanzhauses. Als sie nach der Aufführung wieder an der Treppe des Hinterausgangs stand und mir zuwinkte, war es schon fast 22 Uhr. Ich hatte für mich eine Stehplatzkarte für die Rokoko-Festspiele gekauft, Valerija hatte als Kind freien Eintritt. So gingen wir noch für eine gute halbe Stunde in den Hofgarten und dort auf den Vorplatz des Restaurants, wo die Veranstaltung stattfand. Es war schon dunkel, sodass die Illumination des Parks besonders zur Geltung kam. Die Zeit der Feuerschlucker. Einer trat direkt vor uns auf. Valerija fragte mich, wie der das machte, dass er sich nicht brannte, wenn er die brennenden Stäbe auf der Haut seiner Arme entlang führte oder gar den Stab in den Mund steckte und das Feuer erstickte. Ich konnte es ihr auch nicht sagen. Dann sahen wir einige höfische Tänze. Schließlich zog eine Gruppe kostümierter Tänzerinnen und Tänzer zusammen mit einigen Harlekinen und als Tieren verkleideten Menschen an uns vorbei. Im Tross der Kostümierten, die an uns vorbeischritten, war eine Frau mit Katzenmaske. Sie verbeugte sich vor uns mit einer graziösen Armbewegung. Valerija schien neben mir das gleiche gemacht zu haben. Und sie hatte es wohl so gut gemacht, dass die Katzenfrau stehen blieb. Sie lächelte. Es schien, als wollte sie uns etwas sagen. Aber das Programm ließ das nicht zu. Sie musste weiter, winkte uns dabei noch kurz zu. Was hätte sie einem alten Mann und einem kleinen ukrainischen Mädchen sagen können? Was immer es war, es blieb ungesagt. Kurz nach halb elf Uhr verließen wir die Festspiele. Erst gegen halb zwölf Uhr kamen wir zurück nachhause. Natürlich war mir unwohl, dass es so spät geworden war. Später erfuhr ich von Valerija, dass sie deswegen von Mama gerügt worden war.

Wir versprachen, die folgenden beiden Aufführungen früher nachhause zu kommen.

Für die zweite Aufführung am Samstag hatte ich mir eine Karte besorgt. Ich hatte leider nur noch einen Platz in den hinteren Reihen bekommen, weshalb ich ein Fernglas mitgenommen hatte. Ich wollte Valerija unter den Küchengeistern, bei denen sie mitspielte, ausmachen. Es ist mir nicht gelungen. Es war trotzdem eine zauberhafte Vorstellung, mit sehr fantasievollen Kostümen und gelungener Choreographie. Die Auftritte der Kleinsten wurden immer besonders beklatscht. Wir machten dieses Mal keinen Ausflug in den Hofgarten, sondern fuhren nach der Vorstellung gleich nachhause.

Nach der letzten Vorstellung am Sonntag – sie war etwas früher angesetzt, damit die Kinder zeitiger ins Bett kamen, um am Montag ausgeschlafen in die Schule zu kommen – kauften wir uns noch einmal ein Eis und schlenderten ein wenig über die Plätze am Theater. Bevor wir nachhause fuhren und ich Valerija diesmal schon um 19 Uhr abliefern konnte.

Dann passierte etwas Merkwürdiges. Ich gab Valerija noch ein Getränk und eine Laugenstange mit – aus dem Proviantkorb, den ich dabeihatte. Plötzlich waren wir umringt von Flüchtlingskindern. Ältere fragten, ob sie auch etwas haben könnten. Ich hatte noch Kartoffelsticks, Salzstangen, eine angebrochene Flasche Saft und Obst dabei. Ehe ich mich versah, waren Dutzende Kinderhände in meinem Korb. Ich brachte meinen Musikplayer noch in Sicherheit, dann war der Korb praktisch leer. Ich muss ziemlich verdutzt ausgeschaut haben. Ich erklärte den Kindern, dass ich nichts weiter dabeihätte und stieg ins Auto. Als ich losfahren wollte, sah ich plötzlich einen Clown, das Gesicht schräg, durchs Seitenfenster schauen und mir zuwinken. Es war Valerija. Dadurch dass sie das Gesicht schräg hielt und von der Vorstellung noch stark geschminkt war, hatte ich sie nicht gleich erkannt. Sie lächelte und winkte mir zu, als wollte sie mir sagen: ‚Willkommen in meiner Welt!'.

Es folgte eine etwas verstörende Woche. Valerija hatte mir auf der Rückfahrt von der letzten Vorstellung in Ansbach mitgeteilt, dass sie nächste Woche zusammen mit Julia in einem Haus in der Nähe von

Wemding übernachten würde. Auf meine Frage, ob dort wenigstens ein Spielplatz wäre, schüttelte sie den Kopf und meinte, dass sie wohl Spiele auf ihrem Smartphone spielen würde. Ich fragte sie, wie sie denn in die Schule käme. Sie erwiderte, dass sie von einem Mann gefahren würde. Ich wollte nicht weiter insistieren. Es blieb ein mulmiges Gefühl zurück. Am Dienstag in dieser Woche erschien sie wie üblich zur Nachhilfe, wirkte aber wie übernächtigt. Sie konnte sich kaum konzentrieren. Wir schafften nur einen Teil der Hausaufgabe. Am Donnerstag rief mich ihre Mutter an. Valerija wäre krank, hätte Fieber. Ob ich sie in der Schule krankmelden könnte, sie könnte sich so schwer verständigen. So rief ich im Sekretariat an und meldete Valerija für zwei Tage krank. Die Sekretärin erwiderte, sie hätten sich schon gewundert, weil Valerija sonst immer zuverlässig gekommen sei. Sie hätten zuhause angerufen, aber niemanden erreicht. Ich sagte, dass sie wahrscheinlich gerade mit ihrer Mutter beim Arzt gewesen wäre (was durchaus stimmen konnte). Später erfuhr ich, dass in der Woche Mamas Geburtstag war. Was die Familie da organisiert hatte, werde ich wohl nie erfahren, will ich auch nicht: Es ist ihr Leben.

Den folgenden Dienstag war Valerija wie verwandelt. Es hieß nicht ‚Nein', als ich auf die Hausaufgabe zu sprechen kam, sondern „Ja". Vielleicht trug dazu auch die Aussicht bei, nach der Hausaufgabe das getöpferte Schiff anmalen zu können. Wir hatten vor drei Wochen noch einmal ein Töpferprojekt gestartet und eine Skulptur in Form eines Schiffes mit Reisenden darauf in Aufbautechnik modelliert. Es sollte ein Geschenk für ihre Lehrerin zum Schuljahresabschluss werden. Ich hatte es am Wochenende gebrannt und nun zusammen mit einer großen Auswahl an Glasuren mitgebracht.

Wir schafften Mathe- und Deutsch-Hausaufgabe in einer Dreiviertelstunde, und es waren wirklich viele Aufgaben. Joana, die Enkelin einer anderen Nachhilfelehrerin half uns dabei. Sie rechnete und schrieb mit Valerija um die Wette. Joana war wie Valerija in der zweiten Klasse. Sie war heute gekommen, um ihre Skulpturen anzumalen. Sie hatte vor drei Wochen einen dicken Stift, ein kleines Mädchen und eine

Acht mit Herz (ihr achter Geburtstag stand bevor) getöpfert. Die beiden Mädchen malten sehr konzentriert.

Ich besserte später noch ein wenig nach und brannte alle Objekte bei 1230 Grad. Diesmal wollte ich auf jeden Fall ein Foto machen. Hier ist das Objekt „Reisende" oder „Das Schiff der zwei Winde" (der Wind der Zukunft bläst den Reisenden ins Gesicht, der Wind der Vergangenheit treibt das Schiff an):

Reisende oder Schiff der zwei Winde

Mitte Juli stellten wir das Schiff auf das Pult ihrer Lehrerin im Klassenzimmer.

Valerija mit Schiff

Ich muss dazu sagen, dass Valerija Überraschungen liebt. Auch Albert wird immer wieder überrascht. Dazu muss er sich die Augen zuhalten. Da er das nicht zuverlässig macht, übernimmt sie das für ihn. Um ihn dann mit einer neuen Figur oder, häufiger, mit seinem sprechenden Bommel zu überraschen, sobald er die Augen aufmachen darf.

Dann ging das Schuljahr zu Ende.

Epilog

Es war Samstag, 30.Juli, der Beginn der großen Sommerferien in Bayern, als die Familie ihren Asylbescheid erhielt. Der Asylantrag wurde abgelehnt. Innerhalb von zwei Wochen konnte Widerspruch eingelegt werden, innerhalb von 30 Tagen sollte die Ausreise erfolgen.

H: Die Maschine ist angelaufen und beginnt sich immer schneller zu drehen. Sie spuckt abgelehnte und akzeptierte Asylbewerber aus. Effizienz ist angesagt, Zahlen drängen in den Vordergrund. Flüchtlingskinder über mehr als ein Jahr zu begleiten, wird der Vergangenheit angehören. ‚Rasch entscheiden', ‚Schnell abschieben' so klingt es in den Nachrichten. Alles muss schnell, immer schneller gehen. Wenn einem Berater inhaltlich nichts mehr einfällt, dreht er an der Zeitschraube.

A: Aber die Zeit ist relativ. Was für einen Beobachter nur ein Moment ist, ist für den anderen eine Ewigkeit.

H: Vielleicht nur die empfundene, nicht die physikalische Zeit?

A: Kein Bezugssystem ist ausgezeichnet. Keine Religion ist besser als die andere, kein Standpunkt bevorzugt, keine Gruppe auserwählt. Wir alle sind Menschen und die Staaten, in die wir zufällig hineingeboren wurden, nur wie die Fürstentümer von gestern.

H: Du hast eine anarchische Seele, Albert.